文学语言张力论

陈学广 著

东南大学出版社
SOUTHEAST UNIVERSITY PRESS
·南京·

内容简介

本书是国家社科基金资助项目"文学语言张力论"的最终成果。作者从"文学是语言的艺术"这一命题出发,对于文学语言进行张力论分析,阐释文学语言所呈现出的张力形态及其原理机制。运用张力论的研究方法,能够充分考虑文学语言与标准语言以及日常语言之间既相互联系又相互区别的复杂关系,从不同层面仔细剖析文学语言中各种因素共存所形成的张力特性,凸显问题意识,在广泛借鉴西方现代语言学和语言哲学研究成果的基础上,尽可能利用已有的相关理论资源,结合具体的文学现象,深入探讨文学与语言的关系,探讨文学作为一种语言艺术的奥秘所在,从而在文学语言的基础理论研究方面有所开拓,在观念和方法上更加切近文学语言的实际。

图书在版编目(CIP)数据

文学语言张力论 / 陈学广著. —南京:东南大学出版社,2021.11
 ISBN 978-7-5641-9814-5

Ⅰ.①文… Ⅱ.①陈… Ⅲ.①文学语言—研究
Ⅳ.①I045

中国版本图书馆 CIP 数据核字(2021)第 236495 号

责任编辑:陈 跃　责任校对:谢淑芳　封面设计:顾晓阳　责任印制:周荣虎

文学语言张力论
Wenxue Yuyan Zhangli Lun

著　　者:陈学广
出版发行:东南大学出版社
社　　址:南京四牌楼2号　邮　编:210096　电　话:025-83793330
网　　址:http://www.seupress.com
电子邮件:press@seupress.com
经　　销:全国各地新华书店
印　　刷:南京工大印务有限公司
开　　本:700mm×1000mm　1/16
印　　张:14
字　　数:238 千字
版　　次:2021 年 11 月第 1 版
印　　次:2021 年 11 月第 1 次印刷
书　　号:ISBN 978-7-5641-9814-5
定　　价:82.00 元

本社图书若有印装质量问题,请直接与营销部调换。电话(传真):025-83791830

作者简介

陈学广,男,1962年12月生,江苏泰州人,文学博士,现为扬州大学文学院教授,文艺学专业博士生导师,主要从事文学基础理论、艺术学理论与词学研究,兼任中国中外文艺理论学会理事等职务,出版个人学术专著2部,摄影集1部,教学研究类编著5部,参编著作8部,发表学术论文80余篇。

序

《文学语言张力论》原是学广的博士学位论文，2003年通过答辩并获博士学位，旋即申请国家社科基金获准立项，增强了他在这一论域继续开拓的信心，直至今天即将正式出版，前后已经有20年的时间，可谓慢工细活，精心雕琢，终成正果，理应祝贺！

学广嘱我写序，匆匆翻看了一遍，相比20年前的博士论文，确实大有改进，但是篇幅并不见长。这就是学广治学的特点——他是一个不追求数量、致力于提升质量的学者；包括他的语言表述，大有惜墨如金之精炼，这是很难得的，特别是在"学术乱世"的今天，必须抛弃名利羁绊，不从众、不唯上，"我行我素"才能做一点真学问。我欣赏学广博士如此为学、为人。

"文学是语言的艺术"，这是亚里士多德之后亘古未变的定义；尽管后学们不断提出新的文学定义，但是至今未见挑战胜算者，说明它是一个真理，一个朴素的真理，已经积淀为文学定理。而这，就是学广博士立论的依据，坚若磐石，无可置疑。广而言之，坚实的学理依据应该是所有学术立论的前提，特别是对于理论研究而言更是如此。我之所以强调这一点，乃有感于当下某些理论命题，以"新""奇""怪"夺人眼球者多多,看上去光鲜亮丽、前卫突进,实质却是水上浮萍、飘无根基,甚至没有表现出追根溯源的意识,自以为自说自话便可以立论,以至于此类研究不可避免地大而化之,通篇空空如也,个中原委就在于没有接续学术传统。不能接续学术传统的研究绝不可能进入传统,更不可能积淀为后世的传统,最多只能成为一闪而过的流星,盖因"学术"有特定的"行规"而非文人之"随笔",就像书法有特定之"法"而非一般意义上的写字。由此反观某教授居然公开倡导"用写散文的方式写论文",呜呼!"学术乱世"之乱象越来越不靠谱了。

  问题还不全在这儿,更在于如何由传统出发开创一片新天地,即顺延传统而继续追问文学何以成为语言的艺术,或者探索文学作为语言艺术的具体机制是什么,等等。学广的《文学语言张力论》就是这方面的尝试,他把"文学作为语言艺术"落实到"张力",或者说将"张力"作为语言艺术的机制展开研究。毫无疑问,这是非常有意义的,此前鲜有学者触及这一问题,堪称学广博士的独特发现;同样毫无疑问的是,将一个古老命题翻出新意,试图将其向前推进一步,哪怕是很小的一步,难度也是非常大的,因为学术研究有自己的"行规",不是相对自由的"散文"。

  在我看来,学广克服这一困难的方法主要是抓住主要问题展开,而非教材式的面面俱到,从而使问题本身的讨论得以深入,就像在"文学语言张力"这片广袤的大地上打下了几口深井,同时为此后的深耕细作奠定了基础。其中,不仅有"语言与言语"之类的传统命题,更有"实指性与虚指性""'语言说我'与'我说语言'",以及语言符号学等方面的新论题,还涉及语言和图像关系方面的前沿研究。这就是《文学语言张力论》在谋篇布局方面的特点——专题性。"专题性"而非面面俱到,往往是开拓性研究能够推进的有效手段。非学术的散文或散文式的"学术"当然无须顾及这一点。

学广的《文学语言张力论》充分吸纳了前人的研究成果,特别是20世纪以来关于文学语言形式研究方面的学术成果,并能适时列举文学作品以至个案分析,表现出扎实的专业基础和敏锐的问题意识。根据我的了解,学广具备很好的学术判断力和驾驭对象的语言能力。希望他能再接再厉,将《文学语言张力论》的出版作为新起点,在文学语言研究方面再创佳绩。一个学者能就某问题做出很好的研究并不鲜见,鲜见者是对这一问题的持续关注,几十年如一日而不弃不离,后者更难得,更可贵,更有可能做出较大贡献。这也是学术与散文(或散文式"学术")在价值观方面的很大不同。

是为序。

赵宪章

2021年夏于南京寓所

目 录

导 论 ·· 1

上篇　张力语言：文学语言的特性

一　语言与言语 ······································ 14
二　实指性与虚指性 ·································· 31
三　杂语性与文学性 ·································· 52

下篇　语言张力：通向意义之途

一　"语言说我"与"我说语言" ···················· 69
二　直接意指与含蓄意指 ···························· 89
三　符号形式与符号意义 ···························· 116

余 论 ·· 131

附 录

附录一　艺术符号：抽象与形式 …………………………… 142
附录二　形象文本与语图张力 ……………………………… 157
附录三　从语际翻译看文学语言的特性 …………………… 172

参考文献 ……………………………………………………… 186
人名索引 ……………………………………………………… 200
术语索引 ……………………………………………………… 205
后　记 ………………………………………………………… 212

导 论

20世纪初西方哲学中发生的"语言学转向"给人文科学研究带来了一场"'哥白尼式'的革命",语言跃居前台,成为各门人文科学研究所关注的焦点,文学理论自然也不例外。不同的文学理论派别纷纷从文学语言入手探讨文学的性质,探讨文学与语言的关系,在现代语言学和语言哲学的推波助澜下,文学理论进入了一个"语言的时代",文学语言问题被真正地凸显出来。雷蒙德·查普曼指出:"很清楚,文学是由语言学研究的基本材料创作出来的,它跟语言学的关系是音乐和绘画之类的其他艺术所不具备的。"[①] D. 罗比强调:"语言学和文学的关系是现代文学理论中探讨最为广泛的问题之一。对现代文学理论的建立做出贡献的有许多学科,语言学可以说是贡献最大的。这是文学实践和语言研究全取得重大发展的结果。"[②]

对于文学与语言关系的探讨,表现在文学理论中就是如何认识和看待文学是语言的艺术这一问题。从文学与语言的实际关系来看,文

---

① [英]雷蒙德·查普曼:《语言学与文学》,王士跃等译,春风文艺出版社1988年版,第7页。
② [英]A. 杰弗逊、D. 罗比等著:《现代西方文学理论流派》,李广成译,北京大学出版社1992年版,第47页。

学是语言的艺术这一命题至今仍然是无可置疑的。然而,对于这一命题的阐释和理解往往歧见迭出、众说纷纭。尽管各家各派都给出了自己的答案,使人们不同程度上加深了对文学语言问题的了解和认识,但由于观点和方法的多元,困惑依然存在。例如文学与语言的关系究竟应该从何种角度上加以理解,语言与文学的本质究竟存在哪些关联,文学语言究竟是一种特殊的语言还是语言的一种特殊的用法,语言的艺术性究竟体现在哪些方面,语言对于文学究竟意味着什么,文学语义系统与一般语义系统到底有何联系与区别,语义的表现形态和存在方式又具有哪些特点,语言符号与语言意义的关系到底又应该怎么看,等等。种种问题都足以表明,任何单一的研究方法和研究视角都无法达到对这一问题的整体把握和整体观照。文学是语言的艺术,它既是一种语言现象,同时又是一种艺术现象,这就需要人们对文学与语言的关系进行全面而辩证的思考,从而发掘出这一命题的真正价值。

不同的文学语言观对于文学与语言关系的理解往往存在着很大的差异。总的说来,在20世纪之前,无论是西方还是中国,语言对于文学来说都是不言自明的,它是一种"透明"的载体,是一件顺手的工具。语言既可以用来模仿、再现客观世界,记录作家对于现实生活的感受和认识(再现论);又可以用来表现主观世界,传达作家内心丰富的思想和情感(表现论),作家的全部工作就是如何运用语言把它们准确而生动地再现或表现出来,语言对于再现的对象和表现的内容而言,似乎只是一个如何装载和呈现的问题。莫泊桑说:"不论一个作家要描写的东西是什么,只有一个词可供他使用,用一个动词要使对象生动,一个形容词使对象的性质鲜明。因此就得去寻找,直到找到这个词,这个动词和形容词,而决不要满足'差不多',决不要利用蒙混的手法,即使是高明的蒙混的手法,不要利用语言上的诙谐来避免上述困难。……为了要把思想中最细微的差异也明确地表现出来……必须以一种高度的敏锐性去区别由于一个词在文句中位置不同其价值所发生的一切变化。"[1]别林斯基在区分"文辞"和"文学"时说:"'文辞'和'文学'之间的根本的、主要的差别在于:在'文辞'中,语言,作为一切文辞作品的素材,具有着压倒的兴趣,而在'文学'中,语言的独立的兴趣消失了,却从属于另外一种最高的兴趣——内容,它在文学中是压倒一切的、独立的兴趣。"[2]这种文学语言观在高尔基那里得到了总结性的说明,一方面他指出"文学的第一个要素是语言","文学就是用语言来创造形象、典型和性格,用语言来反映现实事件、自然景物和思维过程";但另一方面他又强调"语言是文学的主要工具"[3]。由此也就不难见出,这种文学语言观尽管重视语言,但它所强调的仅仅是语言的传达和再现功能,它所注重的是词汇能指与所指之间的传达关系,语言相对于它们表达的对象和内容来说,仅仅居于从属的、次要的地位。中国传统文论中主张"诗言志""文以载道",强调"辞达而已矣",情形亦是如此。如朱熹所言:"文所以载道犹车所以载物,故为车者必饰其轮辕,为文者必善其词说,皆欲人爱而用之。然我饰之而人不用,则犹

---

[1] [法]莫泊桑:《论"小说"》,柳鸣九译,见石尔编:《外国名作家创作经验谈》,浙江人民出版社1981年版,第84—85页。

[2] [俄]别林斯基:《文学一词的一般意义》,满涛译,见别林斯基:《文学的幻想》,安徽文艺出版社1996年版,第550页。

[3] [苏联]高尔基:《和青年作家谈话》,孟昌译,见高尔基:《论文学》,人民文学出版社1978年版,第27、332页。

为虚饰,而无益于实。况不载物之车,不载道之文,虽美其饰,亦何为哉?"①对于这种古典的语言观,罗兰·巴尔特曾提出过尖锐的批评,他说:"古典语言(散文和诗)的机制是关系性的,即在其中字词尽可能地抽象,以有利于关系的表现。在古典语言中,字词不会因其自身之故而有内涵……诗的词汇本身是一种用法的词汇,而不是创新的词汇,其中的形象,通过惯约而非通过个人创造成为诸个体,它们彼此结成整体而非独立地存在着。……它是一种表达的艺术,而不是创新的艺术。在这里,字词并未像后者那样由于某种强烈性和意外性而重新产生一种经验的深度和特性。它们按照某种优雅的或装饰性的机制的要求在表层铺陈开来。人们是由于把字词聚拢的表述过程,而不是由于字词的力量或本身的美而入迷的。"②在这种古典语言观里,文学语言与表述的对象是一一对应的关系,语言本身没有独立的价值,它的意义存在于自身之外的对象之中,对于对象来说,它只是一种"表达"和"装饰"。用《庄子·外物》篇中的话说就是:"荃者所以在鱼,得鱼而忘荃;蹄者所以在兔,得兔而忘蹄;言者所以在意,得意而妄言。"③

  但是,20世纪的文学语言观却发生了根本性的变化,语言从载体和工具的地位跃升为文学的本体。俄国形式主义、新批评、结构主义、解构主义等无不从各自的角度出发,阐述其语言本体论的立场。20世

---

① 周敦颐:《通书·文辞第二十八》,朱熹注,清光绪三十二年仙庵版刻本。
② [法]罗兰·巴尔特:《符号学原理》,李幼蒸译,三联书店1988年版,第86—87页。按:"罗兰·巴尔特"又译为"罗朗·巴尔特""罗兰·巴特",本书统一用"罗兰·巴尔特"。
③ 《庄子》,陈鼓应解读,国家图书馆出版社2017年版,第382页。

纪初的俄国形式主义强调,文学的意义就在于语言形式自身,在于语言的表达方式和艺术程序,它是对普通语言的系统歪曲和破坏,相对于普通语言来说,文学语言具有"自指性",它独立于对象而存在,具有自我表现的价值和功能,一些理论家甚至主张文学语言是一种"无意义"语言。用雅克布逊的话说:"诗不过是一种旨在表达的陈述……如果说造型艺术是具独立价值的视觉表现材料的形式显现、音乐是具独立价值的音响材料的形式显现、舞蹈是具独立价值的动作材料的形式显现,那么,诗便是具独立价值的词、(或者像赫列勃尼柯夫说的那样)独立的词的形式显现。""严格地讲,诗的语言以语音的词为目的;更确切地说,因为其相应目的的存在,诗的语言是以谐音的词、以无义言语为目的的。"① 新批评尽管并不否认文学语言所具有的意义,但这一派理论家强调,文学语言的意义内在于文本,它是独立自主的,既独立于作者的"意图",同时也独立于读者的"感受",维姆萨特、比尔兹利批评"意图谬见"和"感受谬见",竭力阐明这一观点,他们认为:"不论是意图谬见还是感受谬见,这种似是而非的理论,结果都会使诗本身作为批评判断的具体对象趋于消失。"② 强调"诗本身"实际上就是强调语言文本的独立意义和本体价值,强调意义只来自于语言的组织形式和表现手法,只有对文本中的语言进行"向心式"的细读,才能领会文学文本不同于非文学文本的语言"肌质"。结构主义的文学语言观直接来自于索绪尔的结构主义语言学,在索绪尔看来,语言是一个符号系统,

---

① 转引自[法]茨维坦·托多洛夫:《批评的批评》,王东亮等译,三联书店2002年版,第4、6页。按:"雅克布逊"又译为"雅克布森",本书统一用"雅克布逊"。

② [美]威廉·K.维姆萨特、蒙罗·C.比尔兹利:《感受谬见》,黄宏熙译,见赵毅衡编选:《"新批评"文集》,百花文艺出版社2001年版,257页。

符号的能指与所指的关系是任意的,但一旦形成就会成为一套稳定的符号结构,支配着人类的言语活动;并不存在先于语言的意义,语言的意义是由语言结构系统所创造的,每一个语言成分的意义都是由它们在系统中的相互关系所决定的,同时,正是由于语言系统的存在,使得人类的言语活动成为可能。文学结构主义将这一语言理论运用到文学研究中,这一派理论家共同致力于探索隐藏在不同文本之中的普遍的语言结构,将语言结构看成是文学的本体,至于不同的文本中所表现的具体内容则没有实际的意义,意义仅仅是不同的语言符号之间所体现的某种结构关系。伊格尔顿在评述结构主义时指出:"它几乎完全忽视符号实际所'说'的东西,却集中于符号内在的相互关系。结构主义,正如 F. 詹姆森(Frederic Jameson)所说,是'从语言学角度重新理解每一事物'的尝试。"① 如罗兰·巴尔特曾说:"语言是文学的'存在'和世界;整个文学包含在写作的行动中,而不再包含在'思考'、'描绘'、'讲述'或'感受'中。"② 他认为文学与语言具有同源性,文学就是一种语言结构,"从结构的角度来看,叙事作品具有句子性质""叙事作品是一个大句子"③,它提倡一种摒除社会、历史、政治等内容的"不及物写作"或"零度写作",强调文学研究所关注的是文本的语言结构与层次,文本的意义是语言的能指所创造和体现的。

---

① [英]特雷·伊格尔顿:《二十世纪西方文学理论》,伍晓明译,陕西师范大学出版社 1987 年版,第 107 页。

② 转引自[英]A. 杰弗逊、D. 罗比等著:《现代西方文学理论流派》,李广成译,北京大学出版社 1992 年版,第 112 页。

③ [法]罗兰·巴尔特:《叙事作品结构分析导论》,张裕禾译,见伍蠡甫、胡经之主编《西方文艺理论名著选编》下卷,北京大学出版社 1987 年版,第 477 页。

解构主义虽然也把语言视为文学的本体,但与结构主义不同的是,解构主义者认为,文本语言并不存在一个语言结构所赋予的稳定的、客观的意义,意义永远处在德里达所说的"延差"(différans)之中,永远在"播撒"和"滑动"。后期的罗兰·巴尔特强调文本与作品不应混淆,"作品握在手中,文本持在言语中",文本永远处于一种意义生产的过程之中。他说:"意义生产过程包含着一层(能指对于自我的)无限工作的意思,因此,文本不可能再与至今被言语科学认可的、其划分始终包含着一种现成结构的思想的语言学或修辞学单位完全地(或理所当然地)相吻合。"他描述道:"意义生产过程是言语无限性的时隐时现、捉摸不定的微光,它依稀存在于作品的每一个层次。它存在于声音之中;声音不再被视作专门用于意义(音素)的单位,而被视作冲动的运动。它存在于义素之中;义素不是语义单位,而是联想树,它被内涵意义和潜在的多义带入一种普遍化的换喻之中。它存在于句段之中;句段的敲击与互文的回声比其合法意义更为重要。最后,它还存在于话语之中;话语的'可读性'被一种有别于纯粹的谓语逻辑的多重性逻辑所超出或者所超过。"① 巴尔特所说的"意义生产过程"否定了结构主义能指与所指、结构与意义的规约性质,消解了人们对于文本中存在着某种固定的、客观的或终极的意义所抱的期待,强调了言语在文本中具有生成各种潜在意义的无限可能性,意义永远处在动态的、开放的过程之中。

对于20世纪文学语言观所发生的本体论的转变,可以借用伊格

---

① [法]罗兰·巴尔特:《文本理论》,张寅德译,见《上海文论》,1987年第5期,第94页。

尔顿一段话加以概括,他说:"从索绪尔和维特根斯坦直到当代文学理论,20世纪的'语言学革命'的特征即在于承认,意义不仅是某种以语言'表达'或'反映'的东西:意义其实是被语言创造出来的。"①

那么,究竟应该如何看待上述两类文学语言观呢?在我看来,无论是传统的"载体论"语言观,还是现代的"本体论"语言观,从各自的角度来看都有其合理的一面,但是,它们对文学与语言关系的认识也都存在着偏颇。概括地说,前者片面地强调文学语言的传达和再现功能,只重视语言能指与所指之间的传达关系,没有看到文学语言不同于非文学语言的特殊性;而后者则普遍地强调文学语言的表现和创造功能,注重的是语言能指与所指之间的表现关系,从而忽视了文学语言与普通语言系统在语义信息的传达和交流方面所存在的共同性。显然,只有在克服上述文学语言观偏颇的基础上,我们才能达到对文学与语言关系的辩证认识和整体把握。

文学语言问题是文学理论的基本问题,属于文学基础理论研究。本课题力图在已有相关研究的基础上有所突破。从国内外文学语言的研究现状来看,系统的基础理论研究仍有待继续推进。

国外研究现状:20世纪初西方哲学研究中的"语言学转向"给众多人文社科领域的研究带来了深刻的影响,文学理论自然也不例外。俄国形式主义、新批评、结构主义、解构主义和叙事学等致力于文学的语言研究,符号学、现象学、存在主义和阐释学等也给语言以前所未有的关注。总体说来,西方学术界对于文学语言的研究具有以下一些特

---

① [英]特雷·伊格尔顿:《二十世纪西方文学理论》,伍晓明译,陕西师范大学出版社1987年版,第68页。

点:(1)从各自的理论体系或哲学立场出发阐述语言与文学的关系,尽管在具体的理论观点上存在着差异,但普遍把语言看成是文学的本体,从而形成了一股声势浩大的"语言本体论"思潮;(2)侧重于语言形式和语言技巧的分析,提出了不少极具参照价值的概念、范畴和观点;(3)注重文体学的专题研究;(4)部分研究中存在着以语言学研究代替文学研究的倾向。

国内研究现状:国内学术界对于文学语言问题的重视是在20世纪80年代中期以后,综观国内学术界目前的研究成果,主要体现在以下几个方面:(1)较为系统地译介了西方现代语言学和语言哲学方面的学术名著,并对其理论观点加以移植和吸收,从而运用到文学研究中来;(2)侧重于文学语言的专题研究,如文学符号学、小说叙事学、文体学、话语理论等,出现了一批有影响的成果;(3)在文学批评中较多地关注文学创作中不断出现的新的语言现象以及一些作家的语言风格;(4)系统的基础理论研究相对薄弱,总体来看在观念和方法上往往偏执一端,在否定语言工具论的同时,或强调语言本体论,或执着于语言中介论、载体论,或把文学语言与标准语言相对立,突出文学的言语特征而不及其余,研究视角、观念和方法都有待更新。

正是基于上述认识,本课题尝试在方法论意义上运用"张力"来分析文学与语言的关系,以期达到对文学语言及其意义的全面把握和整体观照。作为一种方法,而非仅仅作为"新批评"理论中的一个概念,"张力"关注构成事物的各种对立统一的因素及其运动方式,因为在任何统一体内部都存在着大量矛盾的、对立的因素和力量,它们既相互对抗、相互冲突，又相互转化、相互联系，从而使事物处于一种动态平衡的运动过程之中。"张力"就是各种相反相成的因素共存于一体的存在状态，对于事物的"张力"因素及其关系的分析，有助于人们全面而辩证地认识事物中存在的各种错综复杂的因素及其相互关系，以避免认识过程中的简单化倾向。例如，康德在《判断力批判》中所揭示的审美判断中存在的"二律背反"现象，实际上就是一种"张力"。一方面，他指出审美判断是一种纯粹形式的判断："美，它的判定只以一单纯形式的合目的性，即一无目的的合目的性为根据；那就是说，是完全不系于善的概念，因为后者是以一客观的合目的性，即一对象对于一目的的关系为前提。"①另一方面，在分析崇高这一审美对象时他又肯定了"善的概念"，因为崇高所唤起的正是主体的道德理性。这样就形成了"美在形式"与"美是道德的象征"的双重判断标准。对此学术界看法不一，存在着不少误解。赵宪章教授指出："'美在形式'和'美是道德的象征'在方法论上完全受制于'二律背反'，于是就造成了康德关于美的双重规定。这绝不是康德自相矛盾，相反，恰恰是康德的辩证法，揭示了审美活动的复杂性；也不是康德厚此薄彼，而是两个表面上对峙又各具自身合理性的双重命题，强调任何一方面而无视或否定另一方面都是片面的。"②可见，审美判断中的"二律背反"就是一种"张力"关系，这一分析，在方法论上也完全适用于我们对于文学语言的分析。

本课题从"文学是语言的艺术"这一命题出发，对文学语言进行张

---

① [德]康德：《判断力批判》上卷，宗白华译，商务印书馆1964年版，第64页。
② 赵宪章主编：《西方形式美学》，上海人民出版社1996年版，第192页。

力论分析。运用张力论的研究方法,能够充分考虑文学语言与标准语言以及日常语言既相联系又相区别的复杂关系,从不同层面仔细剖析文学语言中各种因素共存所形成的张力特性,凸显问题意识,在广泛借鉴西方现代语言学和语言哲学研究成果的基础上,尽可能利用已有的相关理论资源,结合具体的文学现象,深入探讨文学与语言的关系,探讨文学作为一种语言艺术的奥秘所在,从而在文学语言的基础理论研究方面有所开拓,在观念和方法上更加切近文学语言的实际。

上篇"张力语言:文学语言的特性",从三个方面入手分析文学语言的张力特性,"语言与言语""实指性与虚指性""杂语性与文学性"三章,分别从文学语言的总体性质、文学语言的指称性以及文学语言的语体形式三个角度,逐层论述了文学语言所具有的张力特性,指出文学语言是一种不同于日常语言和科学语言的"张力语言";下篇"语言张力:通向意义之途",主要是在语言文本的层面上,探讨创作主体如何借助语言的张力促进文学意义的生成,"'语言说我'与'我说语言'""直接意指与含蓄意指""符号形式与符号意义"三章,分别从创作主体如何以言表意、文学语言的语义系统以及文学语言的能指与所指间的语义张力等角度,考察了创作主体以言表意的策略以及文学意义的生成特点和存在方式,指出文学语义是一种有别于各种实用语言的诗性意义,主体的赋意行为是形成文学语言张力的根本原因,同时,文学语言的张力进一步扩大了语言能指与所指之间的表现关系,最终使文学语言形成了具有自身特点的审美语义。

上篇
张力语言：文学语言的特性

迄今为止，对于文学与语言的关系最为简洁的表述是：文学是语言的艺术。从这一命题本身来看，文学与语言的关系问题集中地体现在文学语言上。文学语言问题包含语言本身所涉及的各个方面，如语言与言语、语言与指称、语言与意义、语言与思维、语言与文化、能指与所指、组合关系与聚合关系、历时性与共时性等问题。对于文学语言的考察必须考虑语言系统的共性，以此为背景和参照，才能在辩证的分析中把握文学语言的特性，从而使文学语言问题真正凸显出来。

作为一种语言的艺术，文学首先是一种语言现象，是人类的一种言语行为。那么，应该如何看待文学语言的特性呢？笔者试从"张力"角度，并以之作为研究方法，从几个不同的层面分析文学语言所具有的张力特性，以期达到对文学语言特性的辩证把握。

"张力"这一概念是美国新批评派主将之一艾伦·退特于1937年在他著名的《论诗的张力》(*Tension in Poetry*)一文中提出的，他以此作为评判诗歌的标准，指出："我提出张力(tension)这个名词。我不是把它当作一般比喻来使用这个名词的，而是作为一个特定名词，是把逻辑术语'外延'(extension)和'内涵'(intension)去掉前缀而形成的。我所说的诗的意义就是指它的张力,即我们在诗中所能发现的全部外展和内包的有机整体。"①艾伦·退特认为"张力"是好诗所具有的"共同的特点",这一概念由此得到了西方文论界的认同,从而被广泛地运用到文学研究之中。罗吉·福勒进一步把"张力"界定为"互补物、相反物和对立物之间的冲突和摩擦",并认为:"凡是存在着对立而又相互联系的力量、冲动或意义的地方,都存在着张力。"②运用"张力"说研究文学语言,我们发现文学语言是一种张力语言,其张力性质可以从以下三个角度加以观照。

---

① [美]艾伦·退特:《论诗的张力》,姚奔译,见赵毅衡编选:《"新批评"文集》,百花文艺出版社2001年版,第129—130页。
② [英]罗吉·福勒:《现代西方文学批评术语辞典》,袁德成译,四川文艺出版社1987年版,第280页。

一 语言与言语

（一）

从原初意义上来看，文学是语言的艺术这一命题是从文学所使用的媒介和材料着眼的。亚理斯多德认为所有的艺术创作过程都是对现实对象的摹仿，艺术之间的差别只是由于摹仿所用的媒介和方式的不同而造成的。他说："有一些人，用颜色和姿态来制造形象，摹仿许多事物，而另一些人则用声音来摹仿；……而另一种艺术则只用语言来摹仿，或用不入乐的散文，或用不入乐的'韵文'。"[①]亚理斯多德的这一见解启发了后来的学者们从艺术所使用的不同媒介和材料进行艺术分类，文学是语言的艺术这一观念由此得以确立，影响至今。韦勒克、沃伦在其《文学理论》第二章中对欧洲文学史上曾经流行的关于文学的定义进行辨析，认为："什么是文学？什么不是文学？什么是文学的本质？这些问题看似简单，可是难得有明晰的解答。"[②]究竟应该如何界定文学呢？最终他们还是回到了亚理斯多德的思路上，指出："解

---

① [古希腊]亚理斯多德:《诗学》,《诗学/诗艺》(合订本), 罗念生译, 人民文学出版社 1962 年版, 第 4 页。按:"亚理斯多德"又译为"亚理士多德", 本书统一用"亚理斯多德"。

② [美]雷·韦勒克、奥·沃伦:《文学理论》, 刘象愚等译, 三联书店 1984 年版, 第 7 页。

决这个问题的最简单方法是弄清文学中语言的特殊用法。语言是文学的材料,就像石头和铜是雕刻的材料,颜色是绘画的材料或声音是音乐的材料一样。"①应当看到,仅仅从媒介和材料上区分艺术显然是不够的,它只能显示艺术的种差和类别,而不能说明艺术的本性和特质。

  语言的产生出于人类交流思想、传递信息等方面的实际需要,它是人类文明所创造的社会交流系统,是人类社会最基本的交流媒介,与人类须臾不可分离。诚如霍布斯所言,对于人类来说"最高贵和有益处的发明却是语言""人类运用语言把自己的思想记录下来,当思想已成为过去时便用语言来加以回忆;并用语言来相互宣布自己的思想,以便互相为用并互相交谈。没有语言,人类之中就不会有国家、社会、契约或和平存在,就像狮子、熊和狼之中没有这一切一样"。② 由此我们也就不难理解《旧约·创世纪》巴比伦塔故事的深刻寓意,以及西方自古希腊亚理斯多德以来赫德尔、洪堡特直到加达默尔把人定义为"一种具有语言的生物"③的原因之所在了。显而易见,对于人类社会来说语言具有共享的性质,并非专门用作文学的媒介和材料,也并非为语言艺术家所专有,它是人类社会共享的媒介。但是,人类正是凭借着它从事文学创作,不断发掘着语言的艺术潜能,使语言成为文学创作过程中的本质要素。萨丕尔指出:"每一种语言本身都是一种集

---

  ① [美]雷·韦勒克、奥·沃伦:《文学理论》,刘象愚等译,三联书店1984年版,第10页。
  ② [英]霍布斯:《利维坦》,黎思复等译,商务印书馆1985年版,第18页。
  ③ [德]加达默尔:《哲学解释学》,夏镇平等译,上海译文出版社1994年版,第60页。按:"加达默尔"又译为"伽达默尔",本书统一用"加达默尔"。

体的表达艺术。其中隐藏着一些审美因素——语音的、节奏的、象征的、形态的——是不能和任何别的语言全部共有的。"[①]正是由于这些审美因素的存在,文学作为语言的艺术才成为可能。在文学世界中,语言不再是寻常的交流媒介,材料的性质也发生了相应的变化,文学所呈现的是一个不同于日常语言的独特的语言世界。惟其如此,使得人们不断探求文学语言的特性,通常的做法是把文学语言与日常语言、科学语言相互比较,以揭示文学语言在性质、用法和功能方面的特征。

维·什克洛夫斯基从"陌生化"角度区分文学语言与日常语言,罗曼·雅克布逊从语言学与诗学的关系角度区分实用语言与诗歌语言,简·穆卡洛夫斯基从"背景"与"突出"的角度区分标准语言与诗的语言,艾·阿·瑞恰慈从语言指称的角度区分出语言的科学用法和情感用法,恩斯特·卡西尔从语言整体角度指出与概念语言并列的是情感语言、与逻辑的或科学的语言并列的是诗意想象的语言,苏珊·朗格从符号运用角度把科学语言称为"推论式语言"而把诗歌语言称为"创造性语言",J. L. 奥斯丁从言语行为角度指出"对语言的诗意用法"(a poetical use of language)与"诗中的语言用法"(a use of language in poetry)的不同。那么,文学语言与日常语言、科学语言的区别到底何在,是否意味着它是一种与日常语言和科学语言截然不同的语言呢?这一问题至今依然令人困惑。乔纳森·卡勒说:"文学到底是一种专门的语言,还是语言的一种专门用途?它是以特殊形式组织的语言,

---

① [美]爱德华·萨丕尔:《语言论》,陆卓元译,商务印书馆1985年版,第201页。

一 语言与言语

还是语言被赋予了特殊的权力?"他认为:"简单地选择一个或另一个答案是解决不了这个问题的,因为文学既包含语言的各种特点,又包含对语言的一种特殊的关注。其实这个争论所表明的关于语言的性质和作用,以及如何分析语言一直是理论的中心问题。"①的确,仅从某一角度出发是难以说清文学语言特性的。

从严格意义上说,文学语言并不是一种专门的特殊的语言,它和科学语言一样都离不开日常语言这一母体,换言之,日常语言已先在地孕育了文学语言和科学语言的因子,使得它们在不同的语域和语境中分别发挥着各自的用途并形成各自的特征。说到底,无论是文学语言还是科学语言与日常语言都同属于语言这一"家族",都是人类言语活动的产物,并且从根本上受到语言系统的制约。在索绪尔看来,"语言是一种表达观念的符号系统",②人类的言语活动可分为两个部分,一部分是静态的符号系统,即语言(langue),它是由语言集团总结出来的语音、语法和词汇系统;一部分是动态的言语实践,即言语(parole),它是个人对于语言符号系统的具体运用。他认为语言与言语的关系是辩证的,"毫无疑问,这两个对象是紧密相连而且互为前提的:要言语为人所理解,并产生它的一切效果,必须有语言;但是要使语言能够建立,也必须有言语。""由此可见,语言和言语是互相依存的;语

---

① [美]乔纳森·卡勒:《文学理论》,李平译,辽宁教育出版社1998年版,第58页。
② [瑞士]费尔迪南·德·索绪尔:《普通语言学教程》,高名凯译,商务印书馆1980年版,第37页。

言既是言语的工具,又是言语的产物。"[①]索绪尔的这一见解,对于我们辩证地分析文学语言的特性来说具有方法论上的意义。文学语言既是一种言语现象,是对语言系统个别的、特殊的运用,同时在整体上又不能超越于语言系统之外,既具语言的性质,又有言语的特点,即如卡勒所言"文学既包含语言的各种特点,又包含对语言的一种特殊的关注"。从这一文学语言观念出发,我们才能对文学语言的特性有一个比较确切的把握。

(二)

既然文学语言"兼容"了语言和言语,那么,文学语言的特性也只能从语言与言语的辩证关系中加以探求。目前,对于文学语言的研究存在着一种明显的偏向,即只强调文学语言作为一种言语现象,强调其与语言系统对立的一面,而无视它们之间相互统一的一面;只强调文学语言对语言规范积极地触犯和扭曲的一面,而无视它对语言规范遵循的一面;只强调文学语言与科学语言、日常语言相异的一面,而无视其相融的一面;只强调文学中语言的诗歌功能,而无视文学中语言所具有的其他功能。如此一来,文学语言的特性仅仅体现在言语方面,文学语言的价值仅仅存在于对语言的触犯和扭曲之中。可见,这种研究方法固然能使文学语言的言语特征得到局部放大,但其存在的偏颇也足以影响到人们对文学语言作出全面而透彻的分析和把握。

如上所述,语言是人类共享的媒介,它是人类言语活动的产物。

---

① [瑞士]费尔迪南·德·索绪尔:《普通语言学教程》,高名凯译,商务印书馆1980年版,第41页。

不同的语域和语境造成了人们不同的言语方式,相应地,也就形成了不同的言语用途、言语类型以及言语特征。正是在言语活动的全部事实中形成了人类的语言系统,并以其所具有的制度化性质规约着个体的言语行为。杜夫海纳说:"语言是在言语的整体中表现的,它给每种言语规定出某种共同的东西,从而使这些言语构成一个同质的总体。"[1]人之所以被称为"一种具有语言的生物",从这一角度来看,就是由于人类的一切社会活动、社会组织和社会实践都必须以一定的语言符号系统为纽带才得以进行,不妨这样说,人化、人的社会化首先必须是人的语言化。尽管言语是属于"个人的意志和智能的行为",[2]个体的言语行为总存在着逸出语言规范的倾向,但是,语言的强制性对于每个言语个体来说却是不以人的意志为转移的,语言对于个体来说总是先在的。索绪尔指出:"语言以许多储存于每个人脑子里的印迹的形式存在于集体中,有点像把同样的词典分发给每个人使用。所以,语言是每个人都具有的东西,同时对任何人又都是共同的,而且是在储存人的意志之外的。"[3]这就意味着,个体的言语行为无论如何都难以摆脱同一个语言共同体所形成的语言系统的支配和规范,在这一意义上可以说,词典明显地带有"法典"的性质。尽管如此,在人类不同的言语活动中所存在的语言"违规""违法"现象仍然比比皆是,这正是言语所具有的特点。

---

[1] [法]米盖尔·杜夫海纳:《美学与哲学》,孙非译,中国社会科学出版社1985年版,第82页。

[2] [瑞士]费尔迪南·德·索绪尔:《普通语言学教程》,高名凯译,商务印书馆1980年版,第35页。

[3] [瑞士]费尔迪南·德·索绪尔:《普通语言学教程》,高名凯译,商务印书馆1980年版,第41页。

文学是一种言语行为，言语的所有特点在文学中都有不同程度的表现，一些特点甚至还得到有意的强化以突破语言的规范，从而形成了一系列艺术化的表达方式和表现手法，对此，人们称之为"对语言的诗意运用"或"语言的诗意用法"。在这方面，文学仿佛被赋予了某种特权。雅克布逊主张，诗歌是"对普通语言的'有组织的'侵害"，是对普通语言的故意"破坏"。① 对于这一用法，穆卡洛夫斯基曾经从标准语言与诗（泛指文学，引者注）的语言的关系入手作了具有代表性的阐发，他认为："诗的语言并不是标准语的一支。这样说，并不等于否认二者之间的密切联系。这种联系存在于如下的事实里：对诗歌来说，标准语是一个背景，是诗作出于美学目的借以表现其对语言构成的有意扭曲，亦即对标准语的规范的有意触犯的背景。""正是对标准语的规范的有意触犯，使对语言的诗意运用成为可能，没有这种可能，也就没有诗。一种特定语言中标准语的规范越稳定，对它的触犯的途径就越是多种多样，而该语言中诗的天地也就越广阔。"② 在穆卡洛夫斯基看来，"对语言的诗意运用"就是诗的语言对于标准语言的有意扭曲和有意触犯，在文学作品中，标准语言只是一个"背景"从而使诗的语言的"扭曲形式"得到"突出"（foregrounding）。

应该承认，这一见解确实有助于人们对文学作为言语行为表现在言语特征方面的认识，问题在于，标准语言对于文学来说仅仅只是一个背景吗？"对语言的诗意运用"能简单地等同于对标准语言的

---

① 转引自[英]特伦斯·霍克斯：《结构主义和符号学》，瞿铁鹏译，上海译文出版社1987年版，第70—71页。

② [捷克]简·穆卡洛夫斯基：《标准语言与诗的语言》，邓鹏译，见伍蠡甫、胡经之主编《西方文艺理论名著选编》下卷，北京大学出版社1987年版，第417页。

一　语言与言语

有意扭曲和有意触犯吗？究竟应该如何看待"背景"与"突出"之间的关系？

　　标准语言是语言的规范形态，对标准语言的有意扭曲和触犯是文学语言的一个重要特征。但是，对于文学来说，标准语言并不只是一个背景，它是文学建构不可或缺的重要材料，在文学语言中占据主导地位，保证着文学能够进入接受渠道，从普通"文本"上升到艺术"作品"，从而使交流和对话成为可能。而穆卡洛夫斯基"突出"强调的是文学语言的"自指性"，他说："在诗的语言中，突出达到了极限的程度：它的使用本身就是目的，而把本来是文字表达的目标的交流挤到了背景上去。它不是用来为交流服务的，而是用来突出表达行为、语言行为本身。"① 由此可见他对"语言的诗意运用"的理解。任何言语本质上都是一种交流行为，最终服务于交流这一目的，即使是自言自语也是如此，文学自然也不例外，所以，文学"对语言的诗意运用"也必须以此为限度。尽管文学是一种语言的艺术，"对语言的诗意运用"自有其艺术的合法性和必要性，对标准语言的有意扭曲和触犯也普遍地存在于文学之中，从而突出语言的审美价值；但是，这种对标准语言的扭曲和触犯只是文学语言语用上的一个重要特征，而不是文学语言的根本特性。同时，"对语言的诗意运用"也不能简单地等同于对标准语言的有意扭曲和触犯。文学语言固然不能等同于标准语言，但如果一部作品中充满了语言的"扭曲形式"，使人不知所云，其结果是不堪设想的，它的美学目的也就难以实现。古今中外不少优秀的文学作品也足以证

---

　　① ［捷克］简·穆卡洛夫斯基：《标准语言与诗的语言》，邓鹏译，见伍蠡甫、胡经之主编《西方文艺理论名著选编》下卷，北京大学出版社1987年版，第419页。

明,对标准语言的扭曲和触犯并不是衡量文学语言诗意有无的必要前提和标准,它只是语言获取诗意的一条途径。

卡西尔在《语言与艺术》一书中指出:"一切伟大的诗人都是伟大的创造者,不仅在其艺术领域是如此,而且在语言领域也是如此。他不仅有运用而且有重铸和更新语言使之形成新的样式的力量。……但诗人不能完全杜撰一种全新的语言,他须得尊重自己语言的基本结构法则,须得采用其语法的语形和句法的规则,但是在服从这些规则的同时,他不是简单地屈从它,他能够统治它们,能将之转向一个新的目标。"①这就提醒人们应该如何看待文学既尊重服从语言规则又重铸和更新语言样式之间的辩证关系,卡西尔所说的诗人对于语言样式的"重铸和更新"是指诗人"能把日常语言的抽象的一般名称掷进诗的想象的熔炉",赋予语言以感性的特征以"表达一切具有无限细微差别的情感",②从而更新和丰富语言的表达手段和表现样式。在这一点上,他与穆卡洛夫斯基所说的对标准语言的"扭曲和触犯"既有联系又有区别。其相同之处在于,他们都强调诗的语言的创新力量;但其不同之处在于,卡西尔并没有把诗的语言与标准语言之间的关系仅仅理解为一种对立的关系,也没有把这种创新仅仅理解为语言的"扭曲形式",而是要求诗人尽力克服语言的概念性、抽象性,强调一切伟大的诗人及其作品在语言上都必须把握好创新与规范之间的辩证关系,亦即把握好语言与言语之间的张力。

---

① [德]恩斯特·卡西尔:《语言与神话》,于晓等译,三联书店1988年版,第142页。

② [德]恩斯特·卡西尔:《语言与神话》,于晓等译,三联书店1988年版,第143页。

（三）

　　事实上，文学作为一种言语活动的确是"对语言的诗意运用"，但是如果仅仅把它理解为对于语言的有意扭曲和有意触犯，仅仅理解为标准语言的"扭曲形式"，势必造成理论认识上的偏差。说到底，"对语言的诗意运用"这一说法本身已经暗含了语言与言语两方面的因素及其相互关系，标准语言与"扭曲形式"、"背景"与"突出"的关系，究其实质就是语言与言语之间的关系。穆卡洛夫斯基尽管意识到了这一关系的存在，但他对于后者的片面强调，把标准语言看成是外在于文学语言的一个"背景"，认为文学语言的特征就在于最大限度地"突出"语言的"扭曲形式"、"突出"语言的"自指性"，最终导致他以文学的言语特征简单地代替对于文学语言全面、辩证的认识。语言与言语之间是一种张力关系，"对语言的诗意运用"关键就在于如何把握好二者之间的张力，仅仅看到其中某一方面，都不能达到对于文学语言全面、透彻的分析。

　　从张力角度看待文学语言，无论其言语方面的特征如何"突出"，但它最终都摆脱不了语言的规范和制约，换言之，"突出"也是在语言系统内部发生的，它与语言是一种整体与局部、一般与个别的关系，因为任何言语都是语言的具体运用，都是语言的一种实现方式。杜夫海纳说："语言只有在话语中才能现实化。它自身是一种抽象，是支配习惯用法的图式和规范的制度化体系。"[①]所以，"突出"只能是局部的，并

---

① ［法］米盖尔·杜夫海纳:《美学与哲学》，孙非译，中国社会科学出版社1985年版，第80页。

且这种"突出"不仅仅是为了"突出"语言的"扭曲形式","突出"语言的"自指性",它归根到底要服从语言以语义为核心这一基本原则。

应该看到,文学语言具有"自指性",这是它与科学语言、日常语言的一个显著区别。自指的目的是为突出语言的审美价值,使语言形式得到关注。但是,文学语言根本不可能达到纯粹的自指,不可能是一种纯粹的语言形式,因为语言毕竟是音与义、能指与所指的结合体,在这一点上,它与科学语言、日常语言没有任何区别。对于文学语言来说,语言的"他指性"是无法排除的,语言也只有同时是他指的,其审美价值才得以成立。如果认为文学语言的审美价值只存在于语言的"自指性",只存在于语言的"扭曲形式"中,这一看法显然是片面的,显然是对文学语言特性的极大误解。就目前国内学术界对于文学语言的研究来看,这一误解仍然存在,主要集中地体现在与此相关的对于文学语言"陌生化"的看法上。

什克洛夫斯基在其著名的《作为手法的艺术》一书中提出了"陌生化"(又译为"奇异化""反常化")理论,他通过对诗歌语言与散文语言的比较,指出散文是普通的言语,是一种"节约、易懂、正确的语言",而诗歌则是"一种障碍重重的、扭曲的言语"。[①] 不少论者误以为"陌生化"所强调的就是打破语言规范,就是指语言的"扭曲形式",如颠倒词序、改变词性以及词语的超常搭配等等,如此方能显示文学语言的特性,语言才具有审美价值。例如,伊格尔顿对于"陌生化"的看法就曾在国内学术界产生过很大的影响,他指出:"文学语言的特殊之处,即

---

① [俄]维·什克洛夫斯基:《散文理论》,刘宗次译,百花洲文艺出版社1997年版,第22页。

它有别于其他话语的东西是,它以各种方法使普通语言'变形'。在文学手段的压力下,普通语言被强化、凝聚、扭曲、缩短、拉长、颠倒。这是受到'陌生化'的语言;由于这种疏离,日常世界也突然被陌生化了。"①

其实,这种看法只看到了"陌生化"的一个次要方面。什克洛夫斯基提出"陌生化"理论,目的是要对抗、反驳日常语言所造成的人的感受的"自动化"。他说:"如果我们来研究感受的一般规律,就会发现,动作一旦成为习惯,就会自动完成。譬如,我们的一切熟巧都进入无意识的自动化领域。谁要是记得自己第一次握笔或第一次说外语的感受,并以之与自己后来第一万次做这些事时的感受相比较,就会同意我们的意见。"②在他看来,日常语言使人的感受退入"无意识的自动化领域",使人对事物失去了新鲜的感受,往往视而不见、听而不闻,"生活就这样化为乌有",被"自动化吞没",而艺术的目的就在于使人恢复对于事物的感受能力,"陌生化"理论就是在这一意义上提出的。他指出:"正是为了恢复对生活的体验,感觉到事物的存在,为了使石头成其为石头,才存在所谓的艺术。艺术的目的是为了把事物提供为一种可观可见之物,而不是可认可知之物。艺术的手法是将事物'奇异化'的手法,是把形式艰深化,从而增加感受的难度和时间的手法,因为在艺术中感受过程本身就是目的,应该使之延长。艺术是对事物

---

① [英]特雷·伊格尔顿:《二十世纪西方文学理论》,伍晓明译,陕西师范大学出版社1987年版,第5页。
② [俄]维·什克洛夫斯基:《散文理论》,刘宗次译,百花洲文艺出版社1997年版,第9页。

的制作进行体验的一种方式,而已制成之物在艺术之中并不重要。"①由此可见,"陌生化"是为摆脱感受的自动化。穆卡洛夫斯基尽管也强调"突出"是为了反自动化,但他"突出"的是"表达行为、语言行为本身",是语言的"扭曲形式"②,其目的与什克洛夫斯基的"陌生化"理论存在着明显的差异。

对于文学作品来说,语言的"扭曲形式"固然是"陌生化"的一条途径,但它不是关键,关键就在于创作主体能否通过语言表现出他对事物原初的、真实的感受,从而克服日常语言所造成的感受自动化的无意识状态;同时,语言的"扭曲形式"也不是"陌生化"的根本,根本就在于创作主体是否通过语言体现出新鲜、独特的感受事物的方式。果能如此,那么无论作品是否具有语言的"扭曲形式"则都能达到上述目的。黑格尔在《美学》中分析一个民族早期的诗歌时指出:"当时诗人的话语,作为内心生活的表达,通常已是本身引人惊赞的新鲜事物,因为通过语言,诗人把前此尚未揭露的东西揭露出来了。……能使隐藏在深心中的东西破天荒地第一次展现出来,所以令人惊异。"这种"令人惊异"的效果,在当时的诗人那里,并非靠"表现方式的丰富多彩和迂回曲折"等手段,而仅仅是运用"一些朴质无文的符号"③获得的。华兹华斯强调,诗人的任务是:"给日常事物以新奇的魅力,通过唤起人

---

① [俄]维·什克洛夫斯基:《散文理论》,刘宗次译,百花洲文艺出版社1997年版,第10页。
② [捷克]简·穆卡洛夫斯基:《标准语言与诗的语言》,邓鹏译,见伍蠡甫、胡经之主编《西方文艺理论名著选编》下卷,北京大学出版社1987年版,第418—419页。
③ [德]黑格尔:《美学》第三卷下册,朱光潜译,商务印书馆1981年版,第65—66页。

一 语言与言语

们对习惯的麻木性的注意,引导他去观察眼前世界的美丽和惊人的事物,以激起一种类似超自然的感觉;世界本是一个取之不尽、用之不竭的财富,可是由于太熟悉和自私的牵挂的翳病,我们视若无睹、听若罔闻,虽有心灵,却对它既不感觉,也不理解。"①这段话可视为"陌生化"理论的注脚。从什克洛夫斯基在文中所列举的托尔斯泰小说中的若干片段可以看出,这些片段并没有语言的"扭曲形式",他强调的是小说所体现出的作家独特的观物感物的方式。他说:"列·托尔斯泰的奇异化手法在于他不说出事物的名称,而是把它当作第一次看见的事物来描写,描写一件事则好像它是第一次发生。"②正是因为托尔斯泰小说中所体现出的这种不同寻常的感受事物的方式,即"总是按照自己的所见来呈现事物",使读者阅读时获得了对于事物原初、新鲜的感受和体验,从而出人意料地取得了"陌生化"的效果。不妨以《红楼梦》为例,书中第六回写刘姥姥一进荣国府,刘姥姥在贾琏屋内第一次看见挂钟,不知是何物,小说是这样描写的:

> 刘姥姥只听见"咯当"、"咯当"的响声,大有似乎打箩柜筛面的一般,不免东瞧西望的。忽见堂屋中柱子上挂着一个匣子,底下又坠着一个秤砣般一物,却不住的乱幌。刘姥姥心中想着:"这是什么爱物儿? 有甚用呢?"正呆时,只听得"当"的一声,又若金

---

① 转引自[英]柯尔立治:《文学生涯》第十四章,刘若端译,见刘若端编:《十九世纪英国诗人论诗》,人民文学出版社1984年版,第63页。按:华兹华斯原译为渥兹渥斯。

② [俄]维·什克洛夫斯基:《散文理论》,刘宗次译,百花洲文艺出版社1997年版,第11页。

钟铜磬的一般,不防倒唬的一展眼。接着又是一连八九下。方欲问时,只见小丫头子们齐乱跑,说:"奶奶下来了。"周瑞家的与平儿忙起身,命刘姥姥:"只管等着,是时候我们来请你。"说着,都迎出去了。①

在这一段描写中,作者运用的正是"不说出事物的名称,而是把它当作第一次看见的事物来描写,描写一件事则好像它是第一次发生"的"陌生化"手法,既生动地表现了刘姥姥对于挂钟新奇的视听感觉,同时又使读者身临其境,仿佛也是"第一次看见",从而摆脱了感受的"自动化",获得了对于事物的原初、新鲜的感受和体验。

  同样,对于不少探讨"陌生化"的研究文章中常常援引的中国古典诗歌中的一些诗句,也应作如是观。譬如杜甫《陪郑广文游何将军山林》(其五)诗中的两句:"绿垂风折笋,红绽雨肥梅。"一般论者只是停留在句法分析的层面,认为这是诗人为了取得新奇的语言效果,故意打破常规,颠倒词序。如果仅从句法层面来看,这一看法是可以成立的。但是,这种看法并未涉及"陌生化"理论的本质,还是把"陌生化"仅仅理解为语言的"扭曲形式"。到底应该如何理解呢?请看叶维廉对于"绿垂风折笋"句的精彩分析,他说:"不少读者认为这是倒装句法,解读为'风折之笋垂绿'。这样的解读,或这样的书写完全无视于'经验的文法'的运作。在诗人的经验里,情形应该是这样的:诗人在行程中突然看见绿色垂着,在此当儿,还没有弄清楚这是什么东西,警觉后一看,原来是风折的嫩竹子。这是经验过程的先后。'绿——

---

① 曹雪芹、高鹗:《红楼梦》,中华书局2009年版,第44—45页。

垂——风折笋'是语言的文法紧跟着经验的文法。'风折之笋垂绿'紧跟人通过纯知性、纯理性的逻辑为了主观意欲的方法造出来的语言因袭，但完全违反了实际经验的过程，这样的书写，是经验过后追加的结论，而非经验实际过程的真质。"[①]这一分析与什克洛夫斯基对托尔斯泰小说的分析异曲同工，深得"陌生化"理论的精髓。他所强调的是诗人"第一次看见"事物的原初感受，在这种实际经验的真实呈现中，使得"语言的文法紧跟着经验的文法"，避免了语言"自动化"对于初始经验的侵蚀，语言仿佛是为事物"初次命名"，意外地获得了"陌生化"的效果。

这就说明，不能把"陌生化"简单地等同于语言的"扭曲形式"，"扭曲形式"只是通向"陌生化"的一条途径，并且这一"扭曲形式"并非单纯地为了自指，它必须服从于感受和经验的传达；同时，也不能把语言的"扭曲形式"简单地等同于文学"对语言的诗意运用"，文学语言诗意的有无，从根本上取决于创作主体新颖而独特的观物感物的方式，只有如此，文学语言才能提供更为丰富的审美信息。如果仅仅是为了语言的"自指性"，那么，文学语言也就与一般的语言游戏毫无差别了。

"对语言的诗意运用"决定了文学语言必须处理好语言与言语之间的张力，这是文学作为语言的艺术所无可回避的，自然，这种张力关系普遍地存在于人类的一切言语行为之中，但文学尤甚，而且具有自身特殊的规律及其丰富的表现形态。海然热认为："语言系统本身一定具备可使规则在语言活动中得到应用或遭到违背的机制……言语

---

① ［美］叶维廉：《道家美学与西方文化》，北京大学出版社2002年版，第13页。

和语言因此不可能是两个互不搭界的领域。"①语言对于言语的规范和制约、言语对于语言的触犯和逾越,使二者永远处于一种充满张力的状态之中,它是语言永葆活力的动因之一。如果从这种张力的系数来看,相对于日常语言和科学语言而言,文学语言的系数最大,其紧张程度也最高。语言艺术性的高低,归根到底就取决于激发和驾驭这种张力的水平的高低。文学作为一种语言的艺术,在这一意义上就是一种驾驭语言张力的艺术,文学语言的根本特性也必须从这种张力中加以探求。

---

① [法]海然热:《语言人》,张祖建译,三联书店1999年版,第301页。

二　实指性与虚指性

（一）

西方语言哲学一直关注语言的指称性，即词与物的关系，它涉及语言与思维、语言与实在、语言与意义等语言的基本问题，关系到人们对于语言性质的认识。同样，文学语言的特性也与其指称性的特点密切相关。

指称性是语言的符号本性，人类在社会生活的各个领域中运用语言来指称实在，为世界命名，从而赋予语言以指称功能，它是语言的生命所在。巴赫金不满于语言学只注重语言的统一性的抽象系统研究，指出："词生活在自身之外，生活在对事物的真实指向中。假如我们彻底地从这一指向里抽象出来，那末我们手中就只剩下词的赤裸的尸体了；凭这具尸体，我们丝毫也不能了解词的社会地位和它的一生命运。在语言的自身中研究语言，忽视它身外的指向，是没有任何意义的，正如研究心理感受却离开这感受的现实，离开决定了这一感受的现实。"①

正是由于语言的指称性，使语言与人类的其他符号形式一道，共

---

① ［俄］М·巴赫金：《长篇小说的话语》，白春仁译，见钱中文主编：《巴赫金全集》第三卷，河北教育出版社1998年版，第73页。

同完成人类文化、人类世界的建构。与人类的其他文化符号形式如神话、宗教、艺术和科学相比,语言的指称性最为显著,它是人类社会不可或缺的、最为普遍的符号中介,并从根本上制约着人对世界的认识以及人与世界的关系。《周易·系辞上》云:"鼓天下之动者存乎辞。"① 本维尼斯特认为,语言"这样一种象征系统的存在,揭示了人类状况的一个基本的,也许是最基本的事实,即人与世界或在一个人与另一个人之间不存在自然的、无中介的和直接的关系。"②语言的指称性最初体现在为实在命名,使名称与实在达成对应。事物的名称是人类在社会实践和交往过程中约定俗成地形成的,《荀子·正名》曰:"名无固宜,约之以命。约定俗成谓之宜,异约则谓之不宜。名无固实,约之以命实,约定俗成谓之实名。"③索绪尔认为语言符号的能指与所指之间的关系是任意的,实际上也说明了语言指称的约定俗成的性质。

尽管如此,人类以语言指称实在不能仅仅被视为对于实在的再现和摹仿,和人类的其他符号形式一样,它是人类对世界的一种观照方式,是人类经验客观化的一条途径,体现了人对世界的观察和认识。所以,人类对于世界指称命名的过程实际上应该看作是对世界的发现和建构的过程。海德格尔在《艺术作品的本源》中论及语言作品对于"存在之真理""存在之澄明"的"筹划"和揭示,指出必须确立"正确的语言概念",才能认识到这一点。他说:"流行的观点把语言当作一种传达。语言用于会谈和约会,一般讲来就是用于互相理解。但语言不

---

① 刘大钧、林忠军:《易传全译》,巴蜀书社 2006 年版,第 162 页。
② Paul Ricoeur · *Main Trends in Philosophy* · Holmes and Meier Press, 1979, P. 243.
③ 《荀子·卷第十六》:杨倞注,四部丛刊子部,上海涵芬楼影印古逸丛书本。

二 实指性与虚指性

只是而且并非首先是对要所传达的东西的声音表达和文字表达。语言并非只是把或明或暗如此这般的意思转运到词语和句子中去,不如说,唯语言才使存在者作为存在者进入敞开领域之中。在没有语言的地方,比如,在石头、植物和动物的存在中,便没有存在者的任何敞开性,因而也没有不存在者和虚空的任何敞开性。""由于语言首度命名存在者,这种命名才把存在者带向词语而显现出来。这一命名(Nennen)指派(ernennen)存在者,使之源于其存在而达于其存在。"①海德格尔认为,语言不仅是交流传达的工具,它的本质体现在为"存在者"命名,正是由于语言的命名,"存在者"才得以摆脱遮蔽从而进入无蔽的敞开领域,达到澄明之境。尽管这一论述是从语言与真理的角度立论的,但它对于我们深入认识语言的指称性的实质来说,同样不无启发。人类正是凭借语言的指称命名达到对世界的认识和发现,在这一过程中,语言和人类的其他符号形式一道,使主体世界和对象世界一齐朝着无蔽的澄明之境迈进;同时,在另一方面它也显示出,人类对于世界的认识、人与世界的关系归根到底受到语言的制约。由此我们也就能从不同程度上认识到海德格尔为什么说"语言是存在的家",加达默尔称"能被理解的存在就是语言"的原因之所在了。对于这一方面的关系,卡西尔也给予了关注,他说:"因为正是命名过程改变了甚至连动物也都具有的感官印象世界,使其变成了一个心理的世界、一个观念和意义的世界。全部理论认知都是从一个语言在此之前就已赋予了形式的世界出发的;科学家、历史学家以至哲学家无一不是按照

---

① [德]马丁·海德格尔:《林中路》,孙周兴译,上海译文出版社1997年版,第57页。

语言呈现给他的样子而与其客体对象生活在一起的。"①这就说明,在人类与世界之间存在着一个无法逾越的符号世界——语言世界,它与人类的其他符号形式一起共同参与人类经验世界、知觉世界和理智世界的建构。在这一意义上,甚至可以说"实在"世界、对象世界统一于语言世界,语言不仅是对世界的呈现,而且是对世界的建构。如果离开语言,人类世界将陷入混沌状态之中。加达默尔指出:"在所有关于自我的知识和关于外界的知识中我们总是早已被我们自己的语言包围。我们用学习讲话的方式长大成人,认识人类并最终认识我们自己。学着说话并不是指学着使用一种早已存在的工具去标明一个我们早已在某种程度上有所熟悉的世界;而只是指获得对世界本身的熟悉和了解,了解世界是如何同我们交往的。"②人类正是通过语言打开了认识世界的通道,按照语言的概念范畴和结构规则将经验对象和外部世界予以归类并重新组织,借助语言的指称指示对象描述事物将万物化为语词,世界在语言中现身并被语言变为己有,同时,人类对于经验对象的理解和把握,人类的感觉、知觉、理智等意识活动也因语言的有序分类和组织而得以客观化并获得自身的统一性。正是在这一点上卡西尔断言:"正是通过语言,我们才学会了把自己的感觉进行分类,把它们归在一些总的名称和总的概念之下。只是通过这一分类整

---

① [德]恩斯特·卡西尔:《语言与神话》,于晓等译,三联书店1988年版,第55页。
② [德]加达默尔:《哲学解释学》,夏镇平等译,上海译文出版社1994年版,第62页。

二 实指性与虚指性

理的工夫,我们才能理解和认识客观世界,即经验事物的世界。"①由此可见,人类运用语言认识世界、指称实在并不是被动消极的,它既是世界如其所是的呈现,使指称与实在相对应;又是人类对于世界富于创造性的发现,使人类经验得到客观陈述。

但是,我们也必须看到,语言的指称功能是在人类运用语言认识世界的社会实践过程中不断地形成和发展起来的。在人类语言的初始阶段,原始初民由于认识的局限,语言指称具有明显的特指性和单指性,列维-布留尔的《原始思维》一书中有着大量原始部落语言的典型例证分析,如在澳大利亚的土著居民的语言中,"他们没有树、鱼、鸟等等的属名,尽管他们有用于每种树、鱼、鸟等的专门用语。"②在美国加利福尼亚印第安土著语言中,"既没有类,也没有种:各种橡树、松树、草都有自己单独的名字。"他指出:"这不仅在整个生物界的自然种方面是如此,而且在一切客体、不论什么客体方面,在由语言所表现的一切运动或动作、一切状态或性质方面也是如此。因此,这些'原始'语言拥有极大量的为我们的语言所没有的词汇。"③这种指称与实在的一一对应突出了语言的实指性,但它只能使指称停留在"专名"的层次上,难以发现纷繁复杂的对象世界的内在联系及其运动规律。随着人类社会实践的不断发展,人类对于对象世界的认识不断深入,为了便于认识世界,人类突出了语言指称的抽象概括性质,根据客体对象的种属、类别以及特征概括出的"通名"将客体对象归于一般概念之下,

---

① [德]恩斯特·卡西尔:《语言与神话》,于晓等译,三联书店1988年版,第161页。
② [法]列维-布留尔:《原始思维》,丁由译,商务印书馆1981年版,第163页。
③ [法]列维-布留尔:《原始思维》,丁由译,商务印书馆1981年版,第165页。

从而使指称具有了开放性和不确定性。特别应该指出的是,由于语言是人类经验的集体表征,随着人类经验的不断丰富和展开,这种开放性和不确定性又得到了进一步发展,语言不仅用来指称实在事物,而且用来指称非实在、超实在事物和存在以表现人类的观念和意向经验,使指称不再仅仅囿于实在世界,同时成为表现人类观念世界和意向世界的有力手段。语言的这种指称非实在、超实在的功能即是语言的虚指性的体现。尽管这一虚指性早已存在于人类童年时代的神话中,如古希腊奥林匹斯山神话、中国的上古神话,以及后来的宗教中,如上帝、天堂和地狱等,但是这一指称功能的大量运用和真正发展却是人类认识能力不断提高以及人类经验不断丰富的产物,如哲学中运用抽象实体研究哲学问题、自然科学中运用概念实体探求自然规律、文学中运用虚构想象表现人类意向等。罗素在《人类的知识》一书中指出,不少哲学家倾向于"把语言看成一个独立的领域,打算忘掉语言的目的是和事实发生关系,便于我们应付环境。在一定限度内,这样一种处理方法有很大的好处:如果逻辑学家和数学家一直想着符号的意义应该是某种事物,那么逻辑和数学将不会取得它们这样高的成就"。① 卡西尔在《记号的普遍功能·意义问题》一文中对于物理学家 H·赫兹所使用的一些物理学上的"虚构"的观念实体作出了积极的评价,他说:"认识产生这些虚构,是为了把握感觉经验的世界,为了把这个世界当作由规律支配的世界进行探讨。但在感觉材料本身并没有与这些虚构直接对应的东西。然而,尽管没有这样的对应者——也

---

① [英]罗素:《人类的知识》,张金言译,商务印书馆1983年版,第75页。

二　实指性与虚指性

许正是因为没有——物理学的概念世界却是完全自成一体的。"① 可见，语言的虚指性同样体现了人类对于世界的认识和理解，它体现了人类对于世界意识的、观念的把握。

由此我们可以进一步窥见语言的本性。人类的精神和思维总是伴随着语言不断向前发展的，从根本上来说，语言从来就不是实在的等价物，无论是实指还是虚指，语言都是通过语词所形成的概念以及概念系统创造性地表达人类对于世界的认识和理解，在它的引导下发现和建构一个融合着人的主观成分的"人化"了的"客观世界"。这样说并不意味着否认语言与实在之间的必然联系，也不意味着否认语言指称必须以客观实在为基础。在这一意义上我们才能真正领略洪堡特所说的"每一种语言都包含着一种独特的世界观"②的深刻含义。语言及其指称系统确实是主客兼融、虚实相生、有无相成的，在本质上它是一个观念实在的世界。所谓实指性与虚指性的划分只是相对的，但它为人们认识语言的特性提供了方便。

（二）

基于上述认识，对于文学语言指称性的考察将有助于人们进一步认清它的张力性质。尽管对于文学语言究竟是实指还是虚指人们未给予太多的关注，但是，这一问题对于我们理解文学语言的特性乃至文学的本质来说都是一条重要的思维路径。

---

① ［德］恩斯特·卡西尔：《语言与神话》，于晓等译，三联书店1988年版，第218页。

② ［德］威廉·冯·洪堡特：《论人类语言结构的差异及其对人类精神发展的影响》，姚小平译，商务印书馆1999年版，第72页。

长期以来,学术界一直注重从意识与存在的哲学立场出发思考文学与现实的关系,从而对文学的本质进行界说。文学究竟是对现实的摹仿和再现,还是作家的表现和虚构,在20世纪之前的西方学术研究中一直是一个颇有争议的话题,艾布拉姆斯"镜"与"灯"的著名隐喻形象地说明了二者的分歧。其实,如果把这一争议还原到文学语言的指称系统中加以考察的话,那它就是一个实指性还是虚指性的问题。这一问题至今尚未得到很好的解决。20世纪西方学术界盛行一时的众多文学理论流派如俄国形式主义、英美新批评、法国结构主义以及符号学、解构主义等,虽然它们具体的文学主张和理论观点不尽相同甚至大异其趣,但是在文学与现实的关系方面则倾向于把文学看成是作家通过想象所虚构和创造的、独立于现实之外的一个自足的世界。从语言指称性上来看,亦即强调文学语言的虚指性。

　　国内学术界自20世纪80年代以来,由于大量移植、吸收和借鉴现代西方文论的成果,对于文学本质的认识,在理论上呈现出多元化的格局,但就理论界主流话语以及通行的文学原理教材来说,仍然是从文学与现实的关系入手进行探讨的,这一理论立足于辩证唯物主义认识论原理主张文学是一种审美的意识形态,是对现实世界的审美反映,它既是对现实的反映和认识又是艺术的生产和创造。如果把这一理论转换到语言的指称性上,即是主张实指性与虚指性的统一。从文学与现实的实际关系来看,这一理论克服了再现论、表现论等对于文学本质独断的、对立的认识,的确有助于人们正确地认识文学的本质。必须指出的是,尽管这一理论已经注意到了文学的语言形式层面,但从文学语言角度来看,这一理论对于语言与现实的关系重视不够。说

二 实指性与虚指性

到底,文学作为一种意识形态对于现实的审美反映最终是通过语言实现的。既然我们承认文学是语言的艺术,对于语言艺术的本质的理解就必须深入到语言与现实关系的层面上,而不能仅仅停留在语言的艺术传达的表层,或者仅仅把语言看作文学的媒介和材料。只有深入到语言与现实关系的层面上,对于文学的审美意识形态本质的探讨才不致流于泛泛而谈。此外,就语言与意识形态的关系而言,任何意识形态本身都必然表现为话语形态,因为语言是人类意识的前提和形式,二者的关系是统一的、不可分离的。马克思、恩格斯认为"语言是思想的直接现实",他们指出:"'精神'从一开始就很倒霉,受到物质的'纠缠',物质在这里表现为振动着的空气层、声音,简言之,即语言。语言和意识具有同样长久的历史;语言是一种实践的、既为别人存在因而也为我自身而存在的、现实的意识。"①同样,在洪堡特看来,语言对于人类精神的发展以及世界观的形成都是不可或缺的,"语言不仅只伴随着精神的发展,而是完全占取了精神的位置"。② 由此而言,文学与现实世界的关系归根到底是语言与现实世界的关系,所以,对于"文学是语言的艺术"的理解如果仅仅停留在艺术传达的层面,或者仅仅把语言看作文学的媒介和材料,一方面既难以真正把握文学语言的特性,另一方面也难以深入认识文学的本质。换言之,文学的意识形态本性以及审美本性,本身就是通过文学语言加以显现的。

---

① [德]马克思、恩格斯:《马克思恩格斯选集》第一卷,中共中央马克思恩格斯列宁斯大林著作编译局编,人民出版社1995年版,第81页。
② [德]威廉·冯·洪堡特:《论人类语言结构的差异及其对人类精神发展的影响》,姚小平译,商务印书馆1999年版,第21页。

如上所述,人类通过语言认识世界,同时通过语言建构世界,语言既是表征人类经验获取知识的途径,又是表达人类观念和意向的手段。从语言角度考察文学与现实世界的关系,就其指称性来看,它既有实指性的一面又有虚指性的一面。实指性是虚指性的基础,如果离开语言的实指性这一基础,文学作品中的语词以及语词意象将会变得不可理解;但文学毕竟不是现实世界的摹写和再现,其中的语词以及语词意象带有非常明显的虚指性。从文学语言与现实世界的关系来看,文学语言的指称系统总的来说侧重于虚指性的一面,与日常语言和科学语言相比,它并不追求指称与实在的一一对应,也不追求指称系统对于现实世界的逻辑把握,它所注重的是创作主体意向经验的表达和呈现。在这一表达与呈现的过程中尽管文学语言带有明显的主体性和虚指性,但其具体的语词以及语词意象却不可能完全是虚指的,虚指性与实指性的交叉、叠合、冲突或统一使二者处于一种张力的状态之中,从而建构起一个与现实世界存在着联系但又不同于现实世界的语言世界。

事实上,语言就其本身来说,既不是纯粹客观的、实指的,也不是纯粹主观的、虚指的,它是二者的融合,统一并存在于人类的意识之中。语言与意识犹如一枚硬币的两面,结合了人类的客观经验和主观经验,体现了人类对于现实世界的认识和理解,任何坚执于其中某一方面而无视其另一方面的观点,无疑都是片面的。但是,我们同时也必须看到,语言的这一特点在人类生活的不同领域中也不是整齐划一的,其间的差异就在于在不同的言语活动中往往形成不同的言语类型,而不同的言语类型往往又侧重于不同的语言功能,这就决定了人们在不同的言语活动中或是侧重于语言客观的、实指性的一面,或是侧重于语言主观的、虚指性的一面。洪堡特在分析不同民族语言指称所体现出的民族性差异时指出:"参与具体指称的有时是受到感性直观支使的想象和情感,有时是善于细致分辨的知性,有时则是果敢地起着联系作用的精神。形形色色、千差万别的事物,其名称由此会获得同一种色调,它反映出一个民族如何理解世界的特点。"①虽然这一论述的着眼点是语言的民族差异,其实,这种差异如果从语言的指称系统的表达上来看,它同样存在于同一种语言的不同的言语活动以及言语类型之中。哈贝马斯通过他所建立的语言交往模型理论,从言语行为角度分析了语言作为中介物与现实世界所存在的三种不同关系,同样有助于我们理解上述差异,他说:"这里直觉式给出的,乃是一种交往模型,在其中,语法性句子通过普遍的有效性要求,被嵌入与现实的三种关系之中,并由此承担了相应的语用学功能:呈示事实,建立合法的人际关系,表达言说者自身的主体性。根据这个模型,语言可以作为相互关联的三种世界的媒介物而被设想,这就是说,对每一个成功的言语行为来说,都存在着下列三重关系:(1)话语与作为现存物的总体性的'外在世界'的关系;(2)话语与作为所有被规范化调整了的人际关系(在一个给定社会中,它们被认为是合法的)之总体性的'我们的社会世界'的关系;(3)话语与作为言说者意向经验之总体性的'特殊的内在世界'的关系。"②哈贝马斯所揭示的人类言语行为与现

---

① [德]威廉·冯·洪堡特:《论人类语言结构的差异及其对人类精神发展的影响》,姚小平译,商务印书馆1999年版,第108页。
② [德]哈贝马斯:《交往与社会进化》,张博树译,重庆出版社1989年版,第69页。

实世界的三重关系,普遍地存在于人类的一切言语活动之中,但在不同的言语活动中这三重关系必然会有所侧重,因为它们分别涉及不同的现实领域,其交往模式和有效性要求各不相同,同时它们分别体现了语言的三种不同的功能,即认识功能、交际功能和意向功能。从对言语类型的粗略划分来看,科学语言侧重于第一层关系,强调语言的认识功能;日常语言侧重于第二层关系,强调语言的交际功能;而文学语言则侧重于第三层关系,强调的是语言的意向功能。文学语言所建构的世界从根本上来说从属于创作主体的意向和意向经验,惟其如此,文学语言在不脱离语言客观的、实指性的同时总体上倾向于语言主观的、虚指性的一面。

  正是这一点在不少学者看来构成了文学语言与科学语言、日常语言的本质区别。瑞恰慈从语言指称的真假、虚实角度区分出语言的"科学用法"和"感情用法",他指出:"可以为了一个表述所引起的或真或假的指称而运用表述。这就是语言的科学用法。但是也可以为了表述触发的指称所产生的感情的态度方面的影响而运用表述。这就是语言的感情用法。"①"就科学语言而论,指称方面的一个差异本身就是失败:没有达到目的。但是就感情语言而论,指称方面再大差异也毫不重要,只要态度和感情方面进一步的影响属于要求的一类。""在语言的科学用法中,不仅指称必须正确才能获得成功,而且指称相互之间的联系和关系也必须属于我们称之为合乎逻辑的那一类。指称不可相互妨碍,必须经过组织,从而不会阻碍进一步的指称。但是就

---

① [英]艾·阿·瑞恰慈:《文学批评原理》,杨自伍译,百花洲文艺出版社1992年版,第243页。按:"瑞恰慈"又译为"理查兹",本书统一用"瑞恰慈"。

感情目的而论,逻辑的安排就不是必要的了。它可能而且往往是一种阻碍。因为重要的是由于指称而产生的系列态度应当有其自身应有的组织,有其自身感情的相互联系,这往往并不依赖产生态度时可能相关的那类指称的逻辑关系。"①在他看来:"诗歌乃是感情语言的最高形式。""有些人在读莎士比亚时每每叹赏道:'多么真实啊!'他们这是在糟蹋他的作品,而且相对来说,这是在浪费时间。因为不论指称是真是假,关键在于接受,换言之,在于引发和发挥进一步的反应。"②瑞恰慈认为,对于诗歌这样的"感情语言"来说,不存在指称表述上的真假问题,也无须考虑指称之间的逻辑关系,它只服从于感情目的,关键在于感情表述的内在联系以及这种表述在可接受性上能否引发读者感情和态度方面的反应。嗣后他在《科学与诗歌》中由此进一步把"科学语言"称为"真陈述",而把"感情语言"称为"伪陈述"。同样,英加登对于科学语言与文学语言的差异也给予了极大的关注,他认为:"科学著作中的句子是真正的判断,它们及其意义意向直接指称超越了作品本身的事态。这些事态以一个实体的独立于作品的存在领域为基础,在大多数情况下也是自主地存在的。如果读者循着本文的意义并且根据作品的启示作出判断,他立即发现自己进入了一个独立对象的领域,并且借助于自己的经验能够认识它们。"而文学作品中的陈述只是拟判断,"因为对于文学的艺术作品来说,根本没有这样一个相对应的具有实体独立性的领域。文学的艺术作品中的句子不可能具有引导

---

① [英]艾·阿·瑞恰慈:《文学批评原理》,杨自伍译,百花洲文艺出版社1992年版,第244页。

② [英]艾·阿·瑞恰慈:《文学批评原理》,杨自伍译,百花洲文艺出版社1992年版,第249页。

读者到这样一个领域的功能。任何人在阅读文学艺术作品时,寻找作品的实体的独立的事实领域都是犯了一个极大的错误。文学的艺术作品的真正功能在于使读者能够对一个审美对象进行适当的审美具体化。"①可见,无论是瑞恰慈的"真陈述""伪陈述",还是英加登的"真判断""拟判断",他们都注意到了文学语言与科学语言在指称判断上的不同特征,所谓"真陈述"和"真判断"强调的是科学语言所具有的客观性和实指性,所谓"伪陈述"和"拟判断",强调的是文学语言所具有的主观性和虚指性。

  类似的观点在现代西方文论中已成为主流,它直接影响到人们对于文学本质特征的看法。究其实质,语言的指称判断一方面体现出言语主体对于现实世界的态度和认识,同时它也决定了不同的言语活动和言语类型所具有的本质特征。科学语言如此,文学语言也是如此。维尔格南特对于科学的认识就是从这一角度出发的,他对于科学的界定非常清楚地说明了这一点,他说:"我们的理解是,科学是由句子作用(即陈述形式)或者完整的句子形式(即陈述)组成的一个在所有陈述之间没有矛盾的联系体。这些陈述符合一系列固定的句子生成规则以及句子转换规则(即具有逻辑性的引申规则)。或者说我们的理解是,科学是由陈述句型构成的句子之间没有矛盾的联系体。这些陈述是描写、归类以及(或者)证明、引申,部分是普遍的全称陈述,部分是单一性(单称陈述)。但最起码是间接地可以得到检验的对事实的陈述。同时,这些陈述符合一系列固定的句子构成规则以及句子转换

---

① [波]罗曼·英加登:《对文学的艺术作品的认识》,陈燕谷等译,中国文联出版公司1988年版,第170—171页。

二 实指性与虚指性

规则,即引申规则。"① 同样,韦勒克、沃伦也是从这一角度来界定文学的本质的,他们指出:"文学的本质最清楚地显现于文学所涉猎的范畴中。文学艺术的中心显然是在抒情诗、史诗和戏剧等传统的文学类型上。它们处理的都是一个虚构的世界、想象的世界。小说、诗歌或戏剧所陈述的,从字面说都不是真实的;它们不是逻辑上的命题。小说中的陈述,即使是一本历史小说,或者一本巴尔扎克的似乎记录真事的小说,与历史书或社会学书所载的同一事实之间仍有重大差别。甚至在主观性的抒情诗中,诗中的'我'还是虚构的、戏剧性的'我'。小说中的人物,不同于历史人物或现实中的人物。小说人物不过是由作者描写他的句子和让他发表的言辞所塑造的。……小说中的时间和空间并不是现实生活中的时间和空间。即使看起来是最现实主义的一部小说,甚至就是自然主义人生的片段,都不过是根据某些艺术成规而虚构成的。"②

从通常的意义上来看,这些观点的确揭示了科学语言与文学语言在指称判断上的明显差异;但必须指出的是,对于科学语言和文学语言的上述差异我们也不能作简单的、绝对化的理解,因为无论是科学语言还是文学语言都源于日常语言这一母体,它们同属于人类语言的整体,并非是独立于语言整体之外的、截然对立的不同语言,其间的差异只是不同的言语活动和言语类型之间的差异,是语言在不同的现实领域中的具体运用所形成的差异,所以它们仍然具有同质性,具有相

---

① 转引自[德]汉斯·波塞尔:《科学:什么是科学》,李文潮译,上海三联书店 2002 年版,第 12 页。
② [美]雷·韦勒克、奥·沃伦:《文学理论》,刘象愚等译,三联书店 1984 年版,第 13—14 页。

同的"语言共核"(雷蒙德·查普曼语)。这就意味着不同的言语类型之间的边界只是相对的,它们的差异是由于不同的言语活动领域各自的有效性要求所决定的,从而使得不同的言语类型的指称判断或是侧重于客观的、实指性的一面,如科学语言;或是侧重于主观的、虚指性的一面,如文学语言;或是二者互相混杂,如日常语言。无论哪一种言语类型就其总体来说,根本就不存在纯粹的客观性、实指性或是纯粹的主观性、虚指性。在这一方面科学语言如此,文学语言也是如此。

(三)

由此看来,尽管文学语言总体上侧重于指称判断的主观的、虚指性的一面,但它并不排除指称判断的客观的、实指性的因素,毋宁说,正是以语言指称的客观的、实指性因素作为基础,文学语言指称判断上的主观的、虚指性的倾向才成为可能。如果把文学语言的指称判断仅仅看成是主观的、虚指的,这势必导致对于语言指称性的根本否定,同时也切断了文学与现实世界的必然联系。如俄国形式主义者强调语言"自指性",否定文学语言的外在指称功能,正是这一观念的极端体现。雅克布逊说:"诗歌的显著特征在于,语词是作为语词被感知的,而不是作为所指对象的代表或感情的发泄,词和词的排列、词的意义、词的外部和内部形式具有自身的分量和价值。"① 再如后期的罗兰·巴尔特在《叙事结构分析导言》中所言:"叙事不表现、不模仿;……叙事中'所发生的'事从指涉(现实)的角度来看纯属乌有;'所发生的'仅仅是

---

① 转引自[英]特伦斯·霍克斯:《结构主义和符号学》,瞿铁鹏译,上海译文出版社1987年版,第63页。

二 实指性与虚指性

语言,语言的历险,对它的到来的不停歇的迎候。"① 如此一来,文学语言也就成了没有所指的能指,文学作品仅仅是由能指所组成的结构,在这里,只存在语言能指的游戏、历险和狂欢。这种对于文学语言"自指性"的强调,实质上就是主张文学语言的非实指性甚至"非指称性",从而也就否认了文学语言与一切现实领域的实际关联,从根本上来说,这种主张是难以成立的。诚如托多洛夫对俄国形式主义者只关心语言能指的批评所指出的那样:"拒绝意义的语言还是语言吗?这岂不是抹去语言音义结合、实虚共存的基本特点并把它贬成纯物理对象吗?为什么要不及物地关注那不过是噪音的东西呢?"② 诚然,与科学语言和日常语言相比,文学语言的能指层面,它对于语词的选择和组合有着自身特殊的艺术规律和审美要求,但这一切都是与意义的表达紧密地联系在一起的。如前所述,文学语言并非是一种独立的语言,它的所有语词材料都来源于日常语言,这也是决定文学语言不可能完全摆脱指称判断的客观性和实指性的重要因素。换言之,文学语言只有以实指性、他指性为基础,在不脱离实指性、他指性的同时,虚指性和自指性才得以成立,并且为人所理解、所接受。在确立了这一认识之后,我们才能辩证地看待文学语言指称性之间所存在的张力关系。

一般说来,科学语言强调言说者客观性态度,侧重于语言的认识功能,文学语言强调的是言说者的表达性态度,侧重于语言的意向功能;从言语行为的有效性要求来看,科学语言必须符合真实性原则,它

---

① 转引自[英]拉曼·塞尔登编:《文学批评理论》,刘象愚等译,北京大学出版社 2000 年版,第 75 页。
② [法]茨维坦·托多洛夫:《批评的批评》,王东亮等译,三联书店 2002 年版,第 6 页。

以描述事实揭示事物的规律为目的,而文学语言则遵循可接受性原则,它所注重的是表达言说者的意向和意向经验。尽管我们不能以科学语言的客观性态度和认识功能来衡量文学语言,但文学语言的可接受性原则却要求言说者在表达意向和意向经验的过程中,必须把握好指称判断的虚指性与实指性、主观性与客观性之间的张力关系,这也就是通常所说的艺术真实的问题。实指性、客观性是可接受性的基础,在此基础上通过虚指性、主观性表达的意向和意向经验才会让人觉得是可接受的。这是文学不乏语言的认识功能的原因之一,同时也是文学研究中"考证"方法迄今不废的原因之一。

但是,文学语言的实指性和客观性毕竟不能等同于科学语言的真实性。就具体的语词和语词意象、所涉及的人物原型或所描写的事态来说,它可能是实指的、客观的,但就其整个语言指称判断系统来说则整体地倾向于虚指的、主观的一面,它不像科学语言是一种事实陈述,而是一种价值陈述,因为它归根到底服从于创作主体的意向,在意向经验的呈现中表达出创作主体对于现实生活的态度。与科学语言指称判断系统所注重的客观性和逻辑性相比,文学语言的指称判断系统带有明显的主观色彩,一方面,它也像科学语言一样关心"物",不排斥"物";但另一方面,它不像科学语言那样"以物观物"注重事实和逻辑,而是"以我观物"注重主观和情感,由此"物"就会变形,甚至为了意向表达的需要虚构出现实世界中并不存在的"意向关联物"。

这就提醒人们阅读文学作品时对于其指称判断的虚实真伪必须辩证地加以对待,一方面,我们固然不能以科学语言的标准要求文学语言;另一方面,也不能因此无视其所具有的客观性、实指性的一面。

二 实指性与虚指性

苏珊·朗格在《情感与形式》中分析诗歌时认为,诗歌所创造的是一种"生活的幻象",她说:"诗人务求创造'经验'的外观,感受和记忆中的事件的外观,并把它们组织起来,于是它们形成了一种纯粹而完全的经验的现实,一个虚幻生活的片段。"①她以我国唐代诗人韦应物的《赋得暮雨送李曹》②一诗为例阐述其观点,诗曰:"楚江微雨里,建业暮钟时。漠漠帆来重,冥冥鸟去迟。海门深不见,浦树远含滋。相送情无限,沾襟比散丝。"她指出这首诗不是关于李曹离去的报道,接着分析道:"诗中所提及的事物,创造了一个全然主观的境况,而常识意义上的诸多事宜如友人所任、行程几何、何以成行以及偕谁而行等等,则被彻底芟除。洒落在江上、帆上和遮挡视线的微雨,最后化作流淌的泪珠。雨水淋沐着整首诗,几乎每一行都染上了雨意,结果其他细节如钟声、依稀难辨的飞鸟、视野之外的海门,均溶入雨中,最后又一并凝成全诗为之泪下的深情厚谊。"她的结论是:"诗人及其友人、雨、江、别离、意向、声响以及时间都是由写入诗内的词语而创造出来的诗的因素。诗中之所言以及所未言都赋于事件与地点以自己的特征。诗中的每一件事都有双重性格:既是全然可信的虚的事件的一个细节,又是情感方面的一个因素。在整个诗歌中,没有不具情感价值的东西,也没有无助于形成明确而熟见的人类情感之幻象的东西。了解更多的情况,譬如实地了解所提及的地点,进一步考察李曹其人的生平及品格,

---

① [美]苏珊·朗格:《情感与形式》,刘大基等译,中国社会科学出版社1986年版,第242页。
② 诗题中的"李曹"应为"李胄",参见陶敏、王友胜:《韦应物集校注》,上海古籍出版社1998年版,第230页;孙望:《韦应物诗集系年校笺》,中华书局2002年版,第367页。

或者注明诗的作者及成诗的环境,对于形成那种幻象毫无裨益。……因此,诗人是以心理方式编织事件,而不是把它当作一段客观的历史。"①苏珊·朗格的上述分析强调了诗歌语言的主观性和虚指性,在她看来,诗中的事件是诗人以"心理方式"编织起来的事件,与实际发生的事件相比,诗中的事件有它"自己的特征",它不是事件客观、翔实的报道,而只关注事件的"情感价值",所以,诗中的事件是"虚的事件",诗中所提及的事物既是组成这一"虚的事件"的细节,又是诗人表达情感的因素,它"创造了一个全然主观的境况"即"人类情感之幻象"。在《艺术问题》中她对诗歌也表达了同样的观点,指出:"它包含的是一种变了形的现实,正如绘画中的空间是一种真实空间的变形一样。这一变了形的现实实际上是一种短暂的时间片段,在这一时间片段中集中了许许多多互相矛盾的然而又相互混融在一起的强烈的情感意识。"②显然,与注重客观性、实指性的通讯报道等实用语言相比,诗歌语言表达的是创作主体的意向经验,它通过"创造'经验'的外观"来表达主体的意向。但同样显而易见的是,主体的意向经验并非是一种"纯粹意识",它不是先验的,即使作品完全是虚构的,它也离不开主体的现实经验,离不开现实经验的"经验的外观"。就这首诗来说,尽管苏珊·朗格的分析强调了语言的主观性和虚指性,但送别这一事件、李曹其人以及诗中的"楚江微雨""建业暮钟""海门""浦树"等语词和语词意象,无论如何也不能否认其所具有的客观性和实指性。它们同样是组成苏

---

① [美]苏珊·朗格:《情感与形式》,刘大基等译,中国社会科学出版社1986年版,第245—247页。
② [美]苏珊·朗格:《艺术问题》,滕守尧等译,中国社会科学出版社1983年版,第147页。

二 实指性与虚指性

珊·朗格所说的诗歌这一"生活的幻象"的"诗的因素"。

保罗·利科尔说:"我完全同意说感情就是诗歌言论所表达的东西。……没有什么比感情更具有本体论性质。正是凭借着感情,我们才居住在这个世界上。每首诗都突出一种新的生活态度。在这样做时,诗就说出某些有关实在的东西,但它不是以信息和描述的形式说出的。"①卡西尔说:"艺术并不是生活在我们日常的、普通的、经验的物质事物的实在中的。但是说艺术仅仅存在于个人的内心生活中,存在于想象和梦幻中,存在于情感和激情中,也同样不真实。当然,艺术家创造的一切都是以他的主观经验和客观经验为基础的。"②这些论述对于我们辩证地理解文学语言指称判断的虚实真伪之间的张力关系来说,同样具有启发作用。

---

① [法]P.利科尔:《言语的力量:科学与诗歌》,朱国均译,见《哲学译丛》,1986年第6期,第45页。
② [德]恩斯特·卡西尔:《语言与神话》,于晓等译,三联书店1988年版,第173页。

三 杂语性与文学性

（一）

作为一种"张力语言"，文学语言的"张力"性质体现在很多方面，从语体形式的层面来看，"杂语性与文学性"是我们观照这一性质的又一个角度。

文学以语言为材料，但语言是人类共享的媒介，遍布于人类活动的所有领域，不同的领域造就了不同的语域和语境，从而形成了多种多样各具特色的言语形式和言说方式，在此基础上，不同的领域也就形成了各自相对稳定的言语类型，即语体，丰富着人类的语言库存，使语言在各个领域获得现实化，从而实现语言的各种功能。罗兰·巴尔特说："我们知道，语言是由传统和习惯组成的，它对于一个时代的所有作家都是共通的。"[①]巴赫金指出："语言在自己历史存在中的每一具体时刻，都是杂样言语同在的；因为这是现今与过去之间、以往不同时代之间、今天的不同社会意识集团之间、流派组织等等之间各种社会意识相互矛盾又同时共存的体现。杂语中的这些'语言'以多种多样

---

① ［法］罗兰·巴尔特：《写作的零度》，林青译，见伍蠡甫、胡经之主编《西方文艺理论名著选编》下卷，北京大学出版社1987年版，第437页。

的方式交错集合,便形成了不同社会典型的新'语言'。"①"标准语本身,包括口头语和书面语,已经不仅有统一的共同的抽象语言特点,也有了对这些抽象因素的统一的理解方法,但在自己具体的指物表意和情味方面却是分裂了的,形成了各不相同的杂语。"②伊格尔顿在谈到对于"普通语言"的理解时也指出:"虽然'普通语言'(ordinary language)是某些牛津哲学家喜爱的概念,但是牛津哲学家的普通语言与格拉斯韦根(Glaswegian)码头工人的普通语言却不会有多少共同之处。这两个社会集团用以写情书的语言也不同于他们与地区牧师的谈话。以为存在着一种单一的'标准'语言,一种为所有社会成员同等分享的通货,这是一种错觉。任何实际语言都是由各种极为复杂的话语所组成,这些话语由于使用者的阶级、地区、性别、身份等等的不同而互有区别。它们不可能被整整齐齐地结合成一个单独的、纯粹的语言共同体。"③

文学是一种语言现象,但语言现象本质上是一种社会现象,是社会共同体在不同的社会活动领域中现实生成的产物。同时,语言的同质性又使不同的语言现象集合为一个同质的整体。这一语言事实决定了文学以语言为材料,其语言必然是杂语共存、多语混成的,这就是文学语言的"杂语性",巴赫金又把它称之为"多语体性"。

---

① [俄]M·巴赫金:《长篇小说的话语》,白春仁译,见钱中文主编:《巴赫金全集》第三卷,河北教育出版社1998年版,第71页。

② [俄]M·巴赫金:《长篇小说的话语》,白春仁译,见钱中文主编:《巴赫金全集》第三卷,河北教育出版社1998年版,第69页。

③ [英]特雷·伊格尔顿:《二十世纪西方文学理论》,伍晓明译,陕西师范大学出版社1987年版,第5页。

"多语体性"这一概念出自巴赫金《文学作品中的语言》一文,他说:"在文学作品中我们可以找到一切可能有的语言语体、言语语体、功能语体,社会的和职业的语言等等。(与其他语体相比)它没有语体的局限性和相对封闭性。但文学语言的这种多语体性和——极而言之——'全语体性'正是文学基本特性所然。文学——这首先是艺术,亦即对现实的艺术的、形象的认识(反映),其次,它是借助于语言这种艺术材料来达到的形象反映。"①巴赫金认为,文学只有借助语言这一艺术材料才能达到对现实的艺术的认识,而语言在现实中是一个包含各种言语方式、言语类型和言语特征的同质的整体,每一种言语方式和言语类型都是在不同的现实领域中生成的,同时它也是观照这一现实领域的一面镜子,文学既然是以语言为材料表达对现实的艺术的认识,必然反映出语言的"多语体性"以"杂语"的形式出现。巴赫金在对欧洲小说史进行重新考察后发现,几乎所有在小说史上产生重要影响的作品都具有鲜明的"杂语"特征,在这些作品中"各种语言仿佛是相对而挂的镜子,其中每一面镜子都独特地映出世界的一角、一部分;这些语言迫使人们通过它们互相映照出来的种种方面,揣测和把握较之一种语言、一面镜子所反映的远为广阔的、多层次的、多视角的世界"②。这就意味着,"杂语性"既然体现了语言所具有的现实性,文学作品中的语言也只有在具备了"杂语性"后,才能达到对于现实产生艺术认识的目的。事实上,文学创作无论出于什么样的目的最终达到什

---

① [俄] M. 巴赫金:《文学作品中的语言》,潘月琴译,见钱中文主编:《巴赫金全集》第四卷,河北教育出版社 1998 年版,第 276 页。

② [俄] M. 巴赫金:《长篇小说的话语》,白春仁译,见钱中文主编:《巴赫金全集》第三卷,河北教育出版社 1998 年版,第 206 页。

三 杂语性与文学性

么样的效果,无论是哪一种类型或体裁的文学作品,它都必须面对各种类型的语言材料,从中汲取养料充分地加以运用。韦勒克、沃伦正是从语言材料的角度指出文学语言所具有的"杂语性"特征:"因为文学与其他艺术门类不同,它没有专门隶属于自己的媒介,在语言用法上无疑地存在着许多混合的形式和微妙的转折变化。"①从文学作品中语言的全部事实来看,"杂语性"的确是文学语言普遍具有的一个属性,在叙事类和戏剧类作品中,这一性质显而易见,在抒情类作品中有时即使是篇幅短小的诗歌也往往夹杂着不同的语体。例如,辛弃疾的词,清代楼敬思曾评论说:"稼轩驱使《庄》、《骚》、经、史,无一点斧凿痕,笔力甚峭。"②吴衡照《莲子居词话》亦云:"辛稼轩别开天地,横绝古今,《论》、《孟》、《诗小序》、《左氏春秋》、《南华》、《离骚》、《史》、《汉》、《世说》、《选学》、李、杜诗,拉杂运用,弥见其笔力之峭。"③巴赫金在《长篇小说的话语》中,对于19世纪英国的"幽默小说"中的"杂语性"现象作了精彩的分析,认为"外观最为醒目,同时历史上又十分重要的一种引进和组织杂语的形式,是所谓的幽默小说提供的",他指出:"在英国的幽默长篇小说中,我们看到了当时的口头和书面标准语的几乎所有层次,都得到了幽默的讥讽的再现。我们上面列举的属于小说体裁中这一类型的古典作家代表(菲尔丁、斯摩莱特、斯特恩、狄更斯、萨克雷

---

① [美]雷·韦勒克、奥·沃伦:《文学理论》,刘象愚等译,二联书店1984年版,第10页。
② 张宗橚:《词林纪事》卷十一引楼敬思语,成都古籍出版社1982年版,第310页。
③ 吴衡照:《莲子居词话》卷一,见唐圭璋编:《词话丛编》第三册,中华书局1986年版,第2408页。

等人,引者注),其作品几乎每一部全是标准语一切层次一切形式的百科全书。作品的叙述语言随着描绘对象的不同,用讽刺的口气一会儿使用议会雄辩的形式,一会儿采纳法庭演说形式,一会儿又像是会议记录,一会儿是法庭记录,一会儿犹如报章的采访消息,一会儿是伦敦金融中心的枯燥的公文,一会儿好似拨弄是非的闲言碎语,一会儿好似书生气十足的学究讲话,一会儿是崇高的史诗风格或圣经风格,一会儿是伪善的道德说教风格,最后还可能是书中所讲的这个或那个具体人物、带有社会确定性的人物的语言格调。"[①]应该承认,"杂语"作为文学中的普遍现象,一定程度上影响着文学语言与非文学语言在语体上的区别,所以,韦勒克、沃伦提醒人们:"我们还必须认识到艺术与非艺术、文学与非文学的语言用法之间的区别是流动性的,没有绝对的界限。"[②]

　　为了划分文学语言与非文学语言之间的界限,瓦莱利曾提出"纯诗"这一概念,设想着一种具有音乐般和谐的诗歌语言。他认为:"普通的语言是共同生活杂乱的结果……。而诗人虽然必然使用这个杂乱状态所提供的语言材料,他的语言却是一个人努力的成果——努力用粗俗的材料来创造一个虚构的、理想的境界。"那么,能否达到这一"理想的境界"呢?他说:"如果诗人能够设法创作出一点散文也不包括的作品来,能够写出一种诗来,在这种诗里音乐之美一直持续不断,各种意义之间的关系一直近似谐音的关系,思想之间的相互演变显得

---

① [俄]M.巴赫金:《长篇小说的话语》,白春仁译,见钱中文主编:《巴赫金全集》第三卷,河北教育出版社1998年版,第82—83页。
② [美]雷·韦勒克、奥·沃伦:《文学理论》,刘象愚等译,三联书店1984年版,第13页。

三 杂语性与文学性

比任何思想重要,词藻的使用包含着主题的现实——那么人们可以把'纯诗'作为一种存在的东西来读。但事实不是这样:语言的实际或实用主义的部分,习惯和逻辑形式,以及我早已讲过的在词汇中发现的杂乱与不合理(由于来源多而杂,在不同时期语言的各种成分相继被引进),使得这种'绝对的诗'的作品不可能存在。……纯诗的概念是一个达不到的类型,是诗人的愿望、努力和力量的一个理想的边界。"①在瓦莱利看来,诗是"语言中的语言",但由于它的语言来源于"多而杂"的实用语言,实用语言中的"杂乱与不合理"的成分,使得他"纯诗"的理想最终不可能实现。

文学作品中语言所具有的"杂语性",的确容易模糊文学语言与非文学语言之间的界限,它仿佛是一种艺术上的"离心力",分散着人们对于语言艺术性的注意;但从另一方面来看,文学毕竟是一种语言的艺术,文学语言与非文学语言又有着显著的区别,那么,到底是什么与"杂语性"形成了一种相反相成的力量?到底是什么力量使"杂语性"最终没有摆脱文学语言所具有的"向心力"的牵引?换言之,文学语言的"向心力"到底源自何处?在这里,如果借用雅克布逊的一个诗学概念来说,这就是"文学性"。正是由于"文学性"的存在,文学语言的"杂语性"所体现出的"离心"倾向才得到有效的控制,从而使各种不同的语体最终统一于文学文本之中,整体地升华为文学语言。

---

① [法]瓦莱利:《纯诗》,丰华瞻译,见伍蠡甫主编:《现代西方文论选》,上海译文出版社1983年版,第29页。

（二）

"杂语性"与"文学性"之间的张力有助于人们辩证地看待不同语言功能之间的关系，从而克服在语言功能认识上存在着的二元对立的倾向，如把文学语言与科学语言、日常语言加以对立，把文学语言的审美功能与认识、交流等功能加以对立，把语言的科学用法与情感用法加以对立等等。这种二元对立的简单化倾向从根本上否定了语言的同质性，否定了语言所具有的各种功能之间的内在联系。"杂语性"体现了语言的多功能性，不同的语体或语言类型实际上都是语言的功能变体，它们同属于人类的言语行为，它们的语体边界只是相对的，并非泾渭分明、水火不容。

人类的言语活动中往往交织着不同的功能，不同功能之间的主次关系视不同的语域和语境而有所侧重，从而形成了相对稳定的功能语体。雅克布逊从语言学角度通过组成人类言语交流行为六个因素（发信人、收信人、信文、接触、信码、语境）的图式分析，提出了著名的六种语言功能的理论[①]。他认为，任何交流都离不开发信人、信文（话语）和收信人三个基本因素，但除此之外，话语还需要发信人和收信人之间的接触，接触必须以信码作为形式，话语不能脱离语境，语境使话语具有意义。话语不可能提供交流活动的全部意义，意义存在于六种因素构成的全部交流行为中，而在交流行为中这六种因素不会绝对平衡，其中某一种因素会处于主导地位。他指出："这六个因素各与语言的

---

① ［俄］罗曼·雅克布逊：《语言学与诗学》，佟景韩译，见波利亚科夫编：《结构—符号学文艺学》，文化艺术出版社1994年版，第176—182页。

一种功能相关。但很难找到一种信文(话语)仅仅执行某一种功能。各种信文之间的区别不在某一种功能的单独表现,而在各种功能的不同等级地位。"①也就是说,任何话语都是多种功能的统一体,它们的区别完全取决于六个因素中哪一个占据主导地位,占据主导地位的那个功能决定了话语的性质。当交流倾向于发信人(addresser),那么表情功能(表现功能)就占主导地位;当交流倾向于收信人(addressee),那么呼叫功能(意动功能)就占主导地位;当交流倾向于语境(context),那么指示功能(交流功能、认知功能)就占主导地位;当交流倾向于接触(contact),那么接触功能(呼应功能)就占主导地位;当交流倾向于信码(code),那么元语言功能(解释功能)就占主导地位;而当交流倾向于信文(话语)本身,那么诗歌功能(审美功能)就占主导地位。雅克布逊认为:"纯以话语为目的(Einstellung),为话语本身而集中注意力于话语——这就是语言的诗歌功能。研究这种功能,如果脱离语言的一般问题,那就很难收到成效,另一方面,分析语言,也必须细致考察它的诗歌功能才成。"②从雅克布逊的上述分析中,人们不难看到语言的多功能性,语言的各种功能之间既相互矛盾对立,又相互渗透转化,当人类言语行为中的某一因素及其功能占据主导地位后,从而也就形成了一种相对稳定的功能语体。由此他进一步强调:"一切把诗歌功能的领域仅仅限制在诗歌范围之内,或者把诗歌本身仅仅归结为诗歌功能的做法,都是危险的简单化的做法。诗歌功能不是语言艺术的唯

---

① [俄]罗曼·雅克布逊:《语言学与诗学》,佟景韩译,见波利亚科夫编:《结构—符号学文艺学》,文化艺术出版社1994年版,第177页。
② [俄]罗曼·雅克布逊:《语言学与诗学》,佟景韩译,见波利亚科夫编:《结构—符号学文艺学》,文化艺术出版社1994年版,第181页。

一功能，只是语言艺术的核心的、起决定作用的功能，在其他言语活动中，它是第二位的、辅助性的成分。诗歌功能加强了符号的明显性，因此也深化了符号与对象的基本对立。所以语言学家研究诗歌功能不能限于诗歌领域。"[1]这段话至少提醒人们注意以下两点：一是诗歌功能虽然在诗歌中占主导地位起决定作用，但并非诗歌的"专利"，它同样存在于其他言语活动之中，语言具有多功能的本性；二是语言的多功能性决定了诗歌言语的多功能性，诗歌功能如果没有其他功能作为背景或与之对垒，它就无以凸显。

雅克布逊所说的诗歌功能，实际上就是语言的"自指性"和语言的可感知性，它吸引人们把注意力集中于话语本身，如音响、节奏、格律、措辞、句法等语词形式的选择和组合上，而不是把注意力放在语言符号所指称的外部现实上，这就意味着语言的其他功能总是指向外部现实，符号与指称趋向对应，而诗歌功能只以话语本身为目的，符号与指称趋向对立。应该看到，诗歌功能的这一特征不仅集中地体现在诗歌文本之中，而且普遍地存在于文学文本之中，功能即用法，语言的诗歌用法使文学形成了一些有别于其他言语的语体特征，从这方面来看，文学语言可以视为诗歌功能的功能变体，但由于诗歌功能只是文学中的主导功能而非全部功能，所以，文学语言又非诗歌功能的"特技表演"和单一体现，还存在着许多其他用法。诗歌功能与其他功能相互交织和对立，不同语体之间的混合和纠缠，从而导致了文学语言的"杂语性"与"文学性"之间的冲突。雅努什·斯拉文斯基在谈及诗歌信息

---

[1] ［俄］罗曼·雅克布逊：《语言学与诗学》，佟景韩译，见波利亚科夫编：《结构—符号学文艺学》，文化艺术出版社1994年版，第181页。

三 杂语性与文学性

的本质矛盾时对此作了如下一番论述:"诗歌功能的独特性,实际上就是诗歌功能与一般功能概念的特殊矛盾;单就诗歌功能而言,它不是为了达到某个目的。只有在目的指向话语外部的另一种功能的背景上,诗歌功能才可能是功能。由于'诗歌性'的这个本体论的矛盾,诗歌性与非诗歌性之间、专注于自身组织的自私主义与履行外部责任(心理责任、社会责任或认识责任)之间的紧张关系(张力)成了诗歌的常态。在诗歌中,作为一个系统的各种功能的等级关系,是一个不断求得平衡的动态系统。主导功能的优势经常受到威胁。诗歌信息支配其他信息或其他信息支配诗歌信息的界线是波动的、不确定的。"①这就使人们不难看到,文学语言中诗歌功能与其他功能之间、专注于话语自身组织的诗歌性与多语体的非诗歌性之间的张力是一种常态。任何把文学语言仅仅理解为诗歌功能的功能变体而无视其他功能存在的看法都意味着这一张力关系的解除,对于文学来说实际上也是不存在的。

从言语活动的要素及其关系来理解,语言的多功能性决定了语言多语体性,但是,随之而来的问题是:作为语言的多种功能之一的诗歌功能为什么能在文学中上升为主导功能?换言之,是诗歌功能对语言自身的关注赋予了诗歌(文学)以诗歌性(文学性),还是文学性赋予了语言以诗歌功能?能否将语言的诗歌功能等同于文学性?要回答这些问题,关键在于如何理解文学性。

---

① [波兰]雅努什·斯拉文斯基:《关于诗歌语言理论》,佟景韩译,见波利亚科夫编:《结构—符号学文艺学》,文化艺术出版社1994年版,第248页。

（三）

"文学性"这一概念是雅克布逊（《现代俄国诗歌》，提纲1，布拉格，1921年，第11页）首先提出的，他不满于当时文学批评和文学史研究中流行的把传记、道德、政治、心理和历史诸因素置于优先地位的做法，倡导建立一门具有独立系统的文学科学，他说："文学科学的对象不是文学，而是'文学性'，也就是说使一部作品成为文学作品的东西。"① 雅克布逊所说的文学性是指文学区别于其他话语的本质特性，然而，什么是文学性，它的具体含义是什么？直到现在，西方学者的理解都不尽相同②。

其中一个较有代表性的看法是把文学性等同于雅克布逊所说的语言的诗歌功能，即语言的诗歌用法，如伊格尔顿就持这一看法。他指出："对于形式主义者来说，'文学性'（literariness）是由一种话语与另一种话语之间的区别性关系（differential relations）所产生的一种功能；'文学性'并不是一种永远给定的特性。他们一心想要定义的不是文学，而是'文学性'——即语言的某些特殊用法，这种用法可以在'文学'作品中发现，但也可以在文学作品之外的很多地方找到。"③ 的确，如果把文学性仅仅看成是语言的诗歌功能，那么这一功能也并非仅仅

---

① 转引自[俄]鲍·艾亨鲍姆：《"形式方法"的理论》，蔡鸿滨译，见茨维坦·托多罗夫编：《俄苏形式主义文论选》，中国社会科学出版社1989年版，第24页。

② 参见[美]乔纳森·卡勒：《文学性》，史忠义等译，见马克·昂热诺等主编：《问题与观点》，百花文艺出版社2000年版，第27—44页。

③ [英]特雷·伊格尔顿：《二十世纪西方文学理论》，伍晓明译，陕西师范大学出版社1987年版，第7页。

三 杂语性与文学性

存在于文学话语之中。对此雅克布逊本人也早就指出了这一点,他在《语言学与诗学》一文中论述"诗歌功能就是把对应原则从选择轴心反射到组合轴心"的原理时所举的例证,恰恰就是西方人所熟知的恺撒的一句凯旋辞,而非出自文学作品,"三个双音节的动词以同一个辅音开始,以同一个元音结尾,使恺撒一句简洁的胜利宣告大放光彩:'Veni, vidi, vici.'('我来了,我看见了,我征服了。')"①正因为语言的诗歌功能在不同的言语活动中没有明确的边界,卡勒明确反对"把某文本的文学性效应局限在语言手段的表现范畴之内",他以雅克布逊本人的论述为根据,指出:"某段言语能够使其语言具有感知性这一事实,不足以说明它即属于文学语言。广告语言、文字游戏以及表达错误,都可能引起我们的注意,却并未创造出文学作品。"②可见,语言的诗歌功能不能简单地等同于文学性,仅从某一因素、某一层面和某一角度出发,都难以揭示文学性的奥秘。

在我看来,文学性的含义是相对的、混整的和流动的,它存在于文学活动的各个层面和整个流程之中,存在于由此而形成的文学语境之中。文学语境可分为小语境(显语境)和大语境(隐语境),小语境是由话语的题材、主题、语词的选择和组合、语词意象、文本结构等上下文关系所组成,最终统一于文本的整体结构和形式;大语境则是由作者、文本、读者以及文学传统、文学惯例、文学范式所形成的文学背景乃至时代、社会、文化背景所组成的。对于文学性的探

---

① [俄]罗曼·雅克布逊:《语言学与诗学》,佟景韩译,见波利亚科夫编:《结构—符号学文艺学》,文化艺术出版社 1994 年版,第 183 页。
② [美]乔纳森·卡勒:《文学性》,史忠义等译,见马克·昂热诺等主编:《问题与观点》,百花文艺出版社 2000 年版,第 33 页。

讨显然离不开文学语言,但对于文学来说,"语言的诗意用法"总是"诗中的语言用法"的一部分,语言的诗歌功能也只是文学性的表征之一,换言之,雅克布逊所说的语言的诗歌功能即语言的自指性和可感知性只是构成文学性的重要因素之一,同时,语言的诗歌功能也不是先在的,正是由于文学语境的存在,语言才被赋予了诗歌功能,诗歌功能也才能在文学中上升为主导功能。

卡西尔通过对西方文学史上代表作家的分析指出:"诗人好像是把普通言语之石点化为诗歌之金。我们在但丁或埃瑞斯托的每一段诗中,在莎士比亚的每一出悲剧中,在歌德和华兹华斯的每一首抒情诗里,我们都可以发现这种点石成金的天赋。他们的一切都有其特殊的声音,有其特殊的韵律,有其无与伦比的、令人难忘的旋律。也就是说,他们每一个都为特殊的诗的氛围所环绕。"[①]诗人之所以能将普通言语点石成金就是因为有"诗的氛围所环绕",所谓"诗的氛围"即是文学语境。对此亚理斯多德也早有认识,在《修辞学》中他说:"给平常的语言赋予一种不平常的气氛,这是很好的;人们喜欢被不平常的东西所打动。在诗歌中,这种方式是常见的,并且也适宜于这种方式,因为诗歌当中的人物和事件,都和日常生活隔得很远。"[②]瑞恰慈对词语效果的如下论述将有助于人们加深对于这一问题的认识,他说:"没有一个专门属于某个词语的效果。文字并无任何固有的文学特性。丑或美也不存在本身令人不快或令人愉悦的特性。反之每个词语都有一

---

① [德]恩斯特·卡西尔:《语言与神话》,于晓等译,三联书店1988年版,第142页。
② [古希腊]亚理斯多德:《修辞学》第三卷第二节,蒋孔阳译,见伍蠡甫主编:《西方文论选》上卷,上海译文出版社1979年版,第90页。

三 杂语性与文学性

个可能产生效果的范围,随着接受这个词语的语境而发生变化。……所谓一个词语具有的效果即它能介乎所可能产生的某个效果与它所进入的特殊语境之间。"①这一论述使我们进一步看到,语言的效果和功能受制于特定的语境,同一个语词当它处于不同的语境时,其效果和功能就会不同。举例来说,表示数目的十、百、千、万等,当它们没有进入具体的语境时,只是语言学意义上的抽象的概念符号或数学符号,只是一个纯语义单位,它们无所谓什么语词的效果或语言的诗歌功能,但当它们一旦进入某个具体的语境如文学语境中时,这些数字即刻被赋予了生命,从而体现出某种文学的效果。杜牧《江南春》诗云:"千里莺啼绿映红,水村山郭酒旗风。南朝四百八十寺,多少楼台烟雨中。"②明人杨慎在《升庵诗话》卷八中试图对诗的首句加以辨正,他说:"唐诗绝句,今本多误字,试举一二。如杜牧之《江南春》云'十里莺啼绿映红',今本误作'千里',若依俗本,'千里莺啼',谁人听得?'千里绿映红',谁人见得?若作'十里',则莺啼绿红之景,村郭楼台,僧寺酒旗,皆在其中矣。"③那么,究竟是应作'十里'还是'千里'呢?清人何文焕《历代诗话考索》则辩之曰:"升庵(即杨慎,引者注)谓千应作十,盖千里已听不着看不见矣,何所云'莺啼绿映红'邪?余谓即作十里,亦未必尽听得着看得见。题云《江南春》,江南方广千里,千里之中,莺啼而绿映红焉。水村山郭无处无酒旗,四百八十寺,楼

---

① [英]艾·阿·瑞恰慈:《文学批评原理》,杨自伍译,百花洲文艺出版社1992年版,第120页。
② 冯集梧:《樊川诗集注》卷三,上海古籍出版社1978年新1版,第201页。
③ 杨慎:《升庵诗话》卷八,见丁福保辑:《历代诗话续编》中册,中华书局1983年版,第800页。

台多在烟雨中也。此诗之意既广,不得专指一处,故总而命曰《江南春》。诗家善立题者也。"①其实,"十里"与"千里"的区别,在诗中不是一个物理空间上范围大小的区别,也不在于能否听见和看见,它们的区别是语词效果的区别,是语词在特定的语境中语言功能上的区别。"十里"是从实用语境出发强调语词的认知功能,结果会使全诗兴味索然,意境顿失;"千里"则是从文学语境出发强调的是词语的诗歌功能。从诗的语境来看,惟其"千里",方能尽展江南迷人的春色:水村山郭透迤相连,僧寺处处,楼台点点,红绿相映,莺啼不断,这一切都笼罩在江南无边的、迷濛的烟雨之中。"千里"为诗中意境的营造留下了广阔而深远的空间,同时也正是诗的语境使这一寻常的抽象词语变得生动可感、清晰可见,"千里"在文学语境的压力下已散落在诗中所描写的各个景物之中。这样,"千里"和"四百八十"在诗中就不再是抽象的数学符号,在诗的氛围和语境中,它们成了诗歌意境的生成空间和组成要素,从而具有了明显的"可感知性"。由此可见,文学语言的材料来源于普通的、日常的言语,它并没有属于自己的专门语言,同时言语也没有固有的"文学特性",只是由于文学性及其文学语境的存在,人们才能从众多的语言功能中划分出语言的诗歌功能,诗歌功能也才能在文学中得到突出,语言中的其他功能、语体也才会在文学中获得相对的统一性。

综上所述,文学作品中的语言可谓涵摄万有("杂语性"),但语言材料在文学中却又万有归一("文学性"),在"多"与"一"的辩证统一中,我们不难看到文学语言所具有的张力性质。

---

① 何文焕辑:《历代诗话》下册,中华书局1981年版,第823页。

下篇

语言张力:通向意义之途

杜夫海纳认为,语言是"意义的最佳场合"①,他指出:"文学作品有一种意义,这一点很明显,因为语言就是意义的携带者。"②自从20世纪初西方哲学研究中发生了"语言学转向"之后,意义问题就成了现代西方语言哲学中的核心问题,同时,这一问题也成为现代西方众多哲学流派所关注和争论的焦点,有关意义的理论可谓众说纷纭③。对于意义的探究,几乎涉及人文科学的各个领域,文学理论自然也不例外,接受美学和接受理论、读者反应批评、文学诠释学、交往对话理论、社会历史批评、文化研究、各种文本理论以及批评理论等无不从各自的角度提出了对于文学意义的理解。

笔者在此无意于评述上述各派文学意义观的高下得失,或对文学意义理论展开全面的论述,而是在语言文本的层面上,探讨文学语言

---

① [法]米盖尔·杜夫海纳:《美学与哲学》,孙非译,中国社会科学出版社1985年版,第79页。
② [法]米盖尔·杜夫海纳:《美学与哲学》,孙非译,中国社会科学出版社1985年版,第163页。
③ 参见徐有渔:《"哥白尼式"的革命》第二章,上海三联书店1994年版。

在表达创作主体意向或意图方面所呈现出的特征,由此观照创作主体如何借助语言的张力促进文学意义的生成。

从言语行为(speech act)理论的角度来看,文学创作是创作主体以言表意和以言行事的行为过程,在这一过程中,创作主体的意向或意图对于文学意义的生成起到了关键性的作用。尽管我们不能把文学意义简单地等同于创作主体的意向或意图,然而,创作主体的意向或意图无疑是文学意义整体构成中不可缺少的一极,是说明文学意义的至关重要的基本因素。戴维·霍伊指出:"在日常谈话中……讲述者的意义不仅为他叙说的内容,而且也为他发挥作用的意图所决定。这样,诗人或作者的意图便显得是解释学文学本文的意义的天然基础。"①P. D. 却尔也认为,"在对文学作品意义的陈述与作者意图的陈述之间存在着逻辑联系"②。自然,文学意义不是创作主体单方面赋予的,它离不开接受主体的理解与阐释,但是,如果看不到主体的意向或意图与意义之间的联系,我们将失去理解和解释文学意义的"天然基础",文学意义也将变得残缺不全。S. 费什指出:"我们在阅读或复读时不可能不涉及作者的意图,不可能不假定我们所读到的符号是有意识、有目的地写出来的……否则,对意义的解释就不可能发生。"③

所以,从创作主体以言表意的角度出发探讨文学意义的生成,仍然不失为一条有效的途径。

---

① [美]戴维·霍伊:《阐释学与文学》,张弘译,春风文艺出版社1988年版,第35页。

② [美]P. D. 却尔:《解释:文学批评的哲学》,吴启之等译,文化艺术出版社1991年版,第8页。

③ S. Fish, "*With Greetings From the Author: Some Thoughts on Austin and Derrida*", in Critical Inquiry 8 (1982), p. 705.

一 "语言说我"与"我说语言"

（一）

文学意义是通过文本语言所体现的。从文学创作的实际情形来看，任何创作主体的意向或意图都必须借助语言符号加以表达和呈现，这是不言而喻的，舍此别无他途。从有关汉字字形字义的解释中我们可以清楚地看到这一点。《说文解字》释"意"云："意，志也。从心、音，察言而知意也。"释"志"云："志，意也。从心、之。之亦声。"①释"音"云："音，声生于心，有节于外，谓之音。"②释"诗"云："诗，志也。志发于言。从言，寺声。"③可见，"意"如果离开"言"就无从表现，同时"诗"也就不复存在。《尚书·尧典》提出"诗言志"，即是认为"诗"是通过"言"来表达和抒发主体志意的。孔子曰："志有之，言以足志，文以足言；不言，谁知其志？"④《诗大序》曰："诗者，志之所之也。在心为志，发言为诗。"⑤孔颖达在《毛诗正义》中进一步解释道："诗者，人志意之

---

① 段玉裁：《说文解字注》，上海古籍出版社1981年版，第502页。
② 段玉裁：《说文解字注》，上海古籍出版社1981年版，第102页。
③ 段注本及通行本无"志发于言"四字，杨树达据《韵会》所引《说文》补入，见《朱自清古典文学论文集》上册，上海古籍出版社1981年版，第193页。
④ 《左传·襄公二十五年》，《十三经注疏》下册，中华书局影印本1980年版，第1985页。
⑤ 《毛诗正义》卷一，《十三经注疏》上册，中华书局影印本1980年版，第269页。

所之适也,虽有所适,犹未发口,蕴藏在心,谓之为志。发见于言,乃名为诗。"①西方学者对此也早有类似的论述。自古希腊以来,语言是表达思想的符号这一观念已得到牢固确立,亚理斯多德在《解释篇》中提出语言是表达"心灵的经验的符号"②,约翰·洛克论语言时明确指出:"尽管人有丰富多彩的思想,使自己和他人都受益、愉悦,然而,思想都封闭在自己的内心世界,别人看不见,摸不着,思想本身也不可能自行显现。……人有必要找到某种外在的感性符号来表达那些构成其思想的看不见的观念。要达到这一目的,无论是就丰富还是快捷而言,都再没有比用那些他自己能轻而易举、变换花样发出的声音更合适的途径了。因此,我们可以想象出字词——按其本性正适合表达思想的目的——是如何被人类用作表达观念的符号的:不是因为在特定的语音和特定的观念之间有什么自然关联,如果是那样,全人类将只有一种语言;而是由主观意愿的强加任意使某个字成为某个观念的符号。因此,对字词的使用是使其成为观念的感性符号,它们所代表的观念则成为它们本身特定而直接的意义。"③类似的观点发展到索绪尔那里得到了系统的总结,语言被看成是一种表意的符号系统早已成为人们的共识。显然,离开语言,人类的心灵和思想就无法得到明确的表现;同时,人类也正是在运用语言表现内心世界的过程中不断地赋予语言

---

① 《毛诗正义》卷一,《十三经注疏》上册,中华书局影印本1980年版,第270页。
② [古希腊]亚理斯多德:《范畴篇 解释篇》,方书春译,商务印书馆1959版,第55页。
③ 转引自[英]拉曼·塞尔登编:《文学批评理论》,刘象愚等译,北京大学出版社2000年版,第108页。另参见洛克:《人类理解论》下册,关文运译,商务印书馆1959年版,第385—386页。

一 "语言说我"与"我说语言"

以意义。

一般说来,文学创作主体以言表意的过程就是对于语词选择和组合的过程,"心既托声于言,言亦寄形于字"①,是一个"因字而生句,积句而成章,积章而成篇"②的过程。语词是语言符号系统中的基本符号,也是语言的语义系统的基本单位,文学语言的意义主要是借助语词的意义,在对语词选择和组合的具体运用中而体现出来的。英加登认为:"文学作品首先是一种语言构成物。它的基础结构包括一个双重语言层次:一方面是音素和语言的声音现象层,另一方面是语词和句子的意义。凭着这些意义,更高一层的意义单儿才会出现,艺术品所表现的内容以及描述的主题的诸方面也才会呈现出来……"③因此韦勒克、沃伦强调,从语言角度研究文学的意义主要是研究"词汇的意义"④。那么,创作主体如何借助语词的意义来以言表意呢?它与日常语言和科学语言相比具有什么样的特点呢?

从普通语言学的角度来看,每个语词的词义在一种语言系统中必须是清晰的、稳定的,其词性和组合的结构意义也必须符合语言系统的规范,如此方能保证表达和交流的有效性。正是这种有效性的要求,使得每个语词在一种语言系统中获得了明确的词汇意义或概念意

---

① 刘勰:《文心雕龙·练字》,见陆侃如等:《文心雕龙译注》,齐鲁书社1995年版,第474页。
② 刘勰:《文心雕龙·章句》,见陆侃如等:《文心雕龙译注》,齐鲁书社1995年版,第426页。
③ R. Ingarden, "Artistic and Aesthetic Values," in British Journal of Aesthetic, vol. 4(1964), p. 206.
④ [美]雷·韦勒克、奥·沃伦:《文学理论》,刘象愚等译,三联书店1984年版,第188页。

义,亦即词典意义,对于每一个创作主体而言,语词的词典意义是先在的,它制约着创作主体的表意行为。对此,卡勒说:"一个词的意义,有理由这么说,即是说话人意欲通过它传达的内容。"但他随即指出:"一种语言体系内部一个词的意义,当我们翻开词典,发现的是说话人在过去的交流行为中赋予这词意义的一种结果。词的情况也适用于语言的总体状况:一种语言的结构,它的规范和规则系统,都是事件的一种产物,是先于言语行为的结果。"[1]这就说明,对于每一个言说者来说,语言是一个事先给定的存在,语词的意义是过去的言语行为的结果。而一种语言系统形成以后,它就会要求语言共同体内的每一个成员接受语言系统的规范和限制,这是不以言说者的意志为转移的。正是在这一意义上,索绪尔认为语言是一种带有强制性的"社会制度",它"不是说话者的一种功能,它是个人被动地记录下来的产物"[2],在分析语言符号的不变性时他指出:"能指对它所表示的观念来说,看来是自由选择的,相反,对使用它的语言社会来说,却不是自由的,而是强制的。语言并不同社会大众商量,它所选择的能指不能用另外一个来代替。……已经选定的东西,不但个人即使想改变也不能丝毫有所改变,就是大众也不能对任何一个词行使它的主权;不管语言是什么样子,大众都得同它捆绑在一起。"[3]"在一切社会制度中,语

---

[1] [美]乔纳森·卡勒:《论解构》,陆扬译,中国社会科学出版社1998年版,第81页。
[2] [瑞士]费尔迪南·德·索绪尔:《普通语言学教程》,高名凯译,商务印书馆1980年版,第35页。
[3] [瑞士]费尔迪南·德·索绪尔:《普通语言学教程》,高名凯译,商务印书馆1980年版,第107页。

一 "语言说我"与"我说语言"

言是最不适宜于创制的。"①如此看来,任何以言表意的行为都是不自由的。人类的言语行为创造了相应的语言系统,但语言系统反过来却支配和左右着人类的言语行为,"说话的主体并非控制着语言,语言是一个独立的体系,'我'只是语言体系的一部分,是语言说我,而不是我说语言"②。不是"我说语言"而是"语言说我",这大概就是罗兰·巴尔特把语言的性质称作是"法西斯"的原因所在。罗兰·巴尔特认为:"语言按其结构本身包含着一种不可避免的异化关系。说话(parler),或更严格些说发出话语(discourir),这并非像人们经常强调的那样是去交流,而是使人屈服;全部语言结构是一种普遍化的支配力量。"③果真只是如此,那么,言语主体在语言面前岂不是束手无策、无所作为吗?

文学是语言的艺术,对于创作主体来说,如何摆脱语言的强制性,走出"语言的牢笼",不是"语言说我"而是"我说语言",以成功地运用语词从而完成创作这一以言表意的行为呢?

(二)

事实上,语言作为记录人类经验的产物本身就是在人类的言语活动中不断地生成和发展的,人类运用语言的过程,同时也是一个建构语言的过程。加达默尔认为,语言体现了人类经验世界的构成与变

---

① [瑞士]费尔迪南·德·索绪尔:《普通语言学教程》,高名凯译,商务印书馆1980年版,第110—111页。
② [美]弗·杰姆逊:《后现代主义与文化理论》,唐小兵译,陕西师范大学出版社1986年版,第29页。
③ [法]罗兰·巴尔特:《符号学原理》,李幼蒸译,三联书店1988年,第5页。

化,他说:"每种语言都不断地构成和继续构成,它越是把自己的世界经验加以表达,这种构成和继续构成就越频繁。"①所以,不变性只是语言的一个方面;另一方面,它也具有可变性。本来,任何语言都是言语活动的结果,文学作为一种言语活动对于语言来说,从来都不是无所作为的。维柯认为,语言起源于诗②。黑格尔重申了这一观点:"诗的用语产生于一个民族的早期,当时语言还没有形成,正是要通过诗才能获得真正的发展。"③韦勒克、沃伦更是明确指出:"我们切不可忘记,语言与文学的关系是一种辩证的关系,文学同样也给予语言的发展以深刻的影响。不论是现代法语,还是现代英语,假如没有新古典主义文学,它们就不会是现在这个样子,同样,现代德语如果没有路德、歌德和其他浪漫主义文人的影响也不会是今天这个样子。"④的确,现代汉语的形成也与五四运动时期白话文学的深刻影响是分不开的。卡西尔说:"如果语言在其发展中需要不断更新的话,那么没有比诗更好更深厚的源泉了。"⑤博尔赫斯谈及美国诗人沃尔特·惠特曼时强调指出,每个诗人都要"运用一种他人的语言","在一位伟大的诗人穿越过一种语言之后,这种语言就再也不同于从前了。有些东西发生了变

---

① [德]加达默尔:《真理与方法》下卷,洪汉鼎译,上海译文出版社1999年版,第584页。
② [意]维柯:《新科学》上册,朱光潜译,商务印书馆1989年版,第242页。
③ [德]黑格尔:《美学》第三卷下册,朱光潜译,商务印书馆1981年版,第65页。
④ [美]雷·韦勒克、奥·沃伦:《文学理论》,刘象愚等译,三联书店1984年版,第187页。
⑤ [德]恩斯特·卡西尔:《人论》,甘阳译,上海译文出版社1985年版,第287页。

一 "语言说我"与"我说语言"

化,沃尔特·惠特曼就是一例,语言确实改变了。"①文学之所以能对语言产生影响,原因是多方面的,其中有一个重要的因素就在于——文学是对语言富有创造性的、诗意的运用。

文学对于语言创造性的、诗意的运用,归根到底源于语言自身的可变性机制,索绪尔指出:"语言符号的任意性在理论上又使人们在声音材料和观念之间有建立任何关系的自由。结果是,结合在符号中的这两个要素以绝无仅有的程度各自保持着自己的生命,而语言也就在一切可能达到它的声音或意义的动原的影响下变化着,或者毋宁说,发展着。"②文学正是使语言符号的能指与所指的关系发生变化的有力的"动原"。

从创作主体以言表意的过程来看,创作主体对于语词选择和组合的过程,同时也是一个赋予语词以意义的过程。从语言学上来说,词汇的能指与所指主要体现为两种性质的关系,即传达关系和表现关系。在传达关系中,语词的能指与所指的关系是对应和固定的,体现了人对对象世界的认识和理解,它往往以抽象的概念形式存在于语词之中,决定了语言的指称功能和逻辑功能。从语义上看,具有传达性质的语词,其能指与所指的关系是一种纯语义关系,它所传达的是语词的指称意义、概念意义、逻辑意义,亦即通常所说的词典意义,相当于英文中的"meaning"。而在表现关系中,尽管语词的能指与所指的关系在表面上也是对应和固定的,但它仅仅是以语词的指称意义、概

---

① [美]巴恩斯通编:《博尔赫斯八十忆旧》,西川译,作家出版社2004年版,第173—174页。

② [瑞士]费尔迪南·德·索绪尔:《普通语言学教程》,高名凯译,商务印书馆1980年版,第114页。

念意义或逻辑意义为基础,借以表达言说者对于对象的主观感受、体验和评价,它所表现的是主体在特定语境中的心理和意向,其能指与所指的关系已不是词典上的纯语义关系,能指与所指的对应关系发生了动摇,以服从于主体心理和意向的表达。它所携带的意义是流动变化的,是主体赋予语词的引申意义,相当于英文中的"significance"。从不同的言语类型来看,科学语言侧重于语义的传达关系,注重语词的理性意义,即指称意义、概念意义、逻辑意义等;而文学语言侧重于语义的表现关系,强调语词的诗性意义,如联想意义、象征意义、隐喻意义等。文学语言所追求的诗性意义存在于语义的表现关系之中,存在于创作主体对于语言创造性的、诗意的运用之中。王昌龄《芙蓉楼送辛渐二首》(其一)云:"寒雨连江夜入吴,平明送客楚山孤。洛阳亲友如相问,一片冰心在玉壶。"[①]如果从语词的指称意义、概念意义或逻辑意义上来看,诗的末句非但不可理解,甚至还会造成不必要的误解,但在诗的语境中,这一句无疑是意在言外的绝妙好辞。诗人在巧妙灵活地借用语词的指称、概念意义的基础上,使能指与所指之间的传达关系转变成表现关系,这里的"冰"不再是指称自然界中的水因气候寒冷凝结成的固体,"冰心"也不是说冰冷的心,"冰心""玉壶"在诗中所表现出的是一种象征意义和隐喻意义,它成功地表达了诗人自抒胸臆的意向,象征、隐喻了诗人冰清玉洁的品质和心灵,《唐诗笺注》评此诗曰:"上二句送时情景,下二句托寄之言,自述心地莹洁,无尘可滓。"[②]显然,正是由于诗人对于语言富于创造性的、诗意的运用,使语词得以

[①] 李云逸:《王昌龄诗注》卷四,上海古籍出版社1984年版,第159页。
[②] 陈伯海主编:《唐诗汇评》上册,浙江教育出版社1995年版,第446页。

摆脱单一的语义信息,从而获得了丰富的诗性意义。

所以,文学作品中的语言从来都不是自然语言的照搬或被动使用,创作主体以言表意的过程,是从主体意向出发的、能动地运用语言的过程,是一个不断地赋予语言以意义的增殖过程。英加登指出:"语词意义以及句子意义,一方面是某种客观的东西,不论怎样使用,它都保持着同一核心,并从而超越了所有的心理经验(当然,假定语词只有一个意义)。另一方面语词意义是一个具有适应结构的心理经验的意向构成。它或者是由一种心理行为——常常以原始经验为基础——创造性地构成的,或者是在这种构成已经发生之后,由心理行为重新构成或再次意指的。用胡塞尔的贴切的措辞来说,意义是'授予'给语词的。在意向性心理经验中被'授予'的东西本身是一个'派生的意向'('a derived intention'),它由一个语词声音支撑着,并且同语词声音一道构成一个词。"①其实,语言本于人类对于世界的认识和理解,本身就是一个观念构成物,人类的客观经验和主观经验赋予语言以意义,一个语词及其意义一旦确立下来,仿佛成了"某种客观的东西",仿佛成了"一种独立自主的力量"②,但是,语言的可变性决定了它具有极大的可塑性,一方面,随着人类经验的不断丰富和发展,在人类不同的言语活动和言语实践中,语词的意义不可能是一成不变的,人类总是将意义不断地"授予"给语词;另一方面,由于任何言语主体的言语行

----

① [波]罗曼·英加登:《对文学的艺术作品的认识》,陈燕谷等译,中国文联出版公司1988年版,第22—23页。
② [德]威廉·冯·洪堡特:《论人类语言结构的差异及其对人类精神发展的影响》,姚小平译,商务印书馆1999年版,第75页。

为都是属于"个人的意志和智能的行为"①,"运用词语时,每个人都跟别人想得不一样,一个极其微小的个人差异会像一圈波纹那样在整个语言中散播开来。"②一般说来,个人在运用语词表达意向或意向经验时,总会有意无意地在语词的原初意义外附加上个人的主观色彩,从而强化语义的表现关系,使语词的意义在不同的语境中发生着变异。梁启超《惟心》一文中的有关论述可以生动地说明这一点,他说:"'月上柳梢头,人约黄昏后'与'杜宇声声不忍闻,欲黄昏,雨打梨花深闭门',同一黄昏也,而一为欢憨,一为愁惨,其境绝异。'桃花流水杳然去,别有天地非人间',与'人面不知何处去,桃花依旧笑东风',同一桃花也,而一为清静,一为爱恋,其境绝异。'舳舻千里,旌旗蔽空,酾酒临江,横槊赋诗',与'浔阳江头夜送客,枫叶荻花秋瑟瑟。主人下马客在船,举酒欲饮无管弦',同一江也,同一舟也,同一酒也,而一为雄壮,一为冷落,其境绝异。然则天下岂有物境哉,但有心境而已。戴绿眼镜者所见物一切皆绿,戴黄眼镜者所见物一切皆黄。……天地间之物,一而万,万而一者也。山自山,川自川,春自春,秋自秋,风自风,月自月,花自花,鸟自鸟,万古不变,无地不同。然有百人于此,同受此山、此川、此春、此秋、此风、此月、此花、此鸟之感触,而其心境所现者百焉;千人同受此感触,而其心境所现者千焉;亿万人乃至无量数人同受此感触,而其心境所现者亿万焉,乃至无量数焉。然则欲言物境之果为何状,将谁氏之从乎?仁者见之谓之仁,智者见之谓之智,忧者见

---

① [瑞士]费尔迪南·德·索绪尔:《普通语言学教程》,高名凯译,商务印书馆1980年版,第35页。

② [德]威廉·冯·洪堡特:《论人类语言结构的差异及其对人类精神发展的影响》,姚小平译,商务印书馆1999年版,第77页。

一 "语言说我"与"我说语言"

之谓之忧,乐者见之谓之乐。吾之所见者,即吾之所受之境之真实相也,故曰惟心所造之境为真实。"①梁氏所言,说明了不同的创作主体在运用相同的语词表达不同的意向或意图时所发生的个人变异。所以,维特根斯坦认为"意义即用法"②,即是强调个人在运用语词表达意向或意向经验时,语词的意义会随着言语主体的语境发生变异。由此可见,语词的意义的确可以"由心理行为重新构成或再次意指的"。在洪堡特看来,语言的个人变异体现了个人对语言的反作用,与语言对人的限制所体现出的威力刚好相反,这种变异"体现了人对语言所施的强力"③。应该说,语言的个人变异普遍地存在于人类的一切言语活动之中,但文学尤甚。文学创作是一种极具个性的个体化言语活动,它所追求的是语言的诗性意义,从总体上来看,它突出语言的诗歌功能,强调对语言的诗意运用,主张语言的陌生化,创作中一些常见的手法,如隐喻、象征、双关、反讽、悖论、含混等无不体现了文学"对语言所施的强力"。在文学作品中,语言能指与所指之间固定的对应关系不时地受到冲击,它进一步扩大了能指与所指的表现关系,使创作主体意向的表达不再仅仅囿于语词的词典意义,从而赋予语词以更大的表意空间和更多的语义信息。卡西尔说:"一进入审美领域,我们的一切语词就好像经历了一个突变。它们不仅有抽象的意义,好像还融合着自

---

① 夏晓虹编:《梁启超文选》上集,中国广播电视出版社1992年版,第225—226页。
② [英]维特根斯坦:《哲学研究》,汤潮等译,三联书店1992年版,第264页。
③ [德]威廉·冯·洪堡特:《论人类语言结构的差异及其对人类精神发展的影响》,姚小平译,商务印书馆1999年版,第77页。

己的意义。"①

　　语词在文学中所经历的语义"突变",无疑是创作主体出于意向的表达和对诗性意义的追求所造成的。在这一点上,它与注重认知信息、实用信息的科学语言和日常语言就形成了较为明显的区别。总的说来,在科学活动和日常交流中,言说者的意向是为了准确地传达信息,其用词往往遵循语词的词典意义,如果面对一词多义的情况,言说者也往往会在特定的语境中对语词的义项作出明确的限定,以保证语词的意义在一个向度上使用,避免多义和歧义。所以,科学语言和日常语言在意义的传达上是单向度的,而文学语言由于创作主体的赋意行为,不断地扩大语词固有的意义,以服从主体的意向表达,或是出于表现手法、艺术技巧、审美意象、艺术形象、审美感受等方面的考虑,其语义往往是多向度的,诸如朦胧、晦涩、模糊、暗示、多义等语言效果,在文学作品中比比皆是。在科学语言和日常语言中,这些是应当避免的,但对文学来说,恰恰是它的擅场。

　　惟其如此,不少理论家认为,文学为探索语言的各种潜在意义提供了一个最佳的场所。巴赫金指出:"语言只有在诗歌(泛指文学,引者注)中才显示出自己的全部潜能,因为对语言的要求在这里达到了极限:它的所有方面都被调动起来,趋于极致。诗歌仿佛要榨干语言的脂膏,而语言也就在这里大显身手。"②但他认为,语言学意义上的语言只是文学的材料,是"非审美性"的,因而"是不能进入审美客体内

---

① [德]恩斯特·卡西尔:《语言与神话》,于晓等译,三联书店1988年版,第139—140页。
② [俄]M·巴赫金:《文学作品的内容、材料与形式问题》,晓河译,见钱中文主编:《巴赫金全集》第一卷,河北教育出版社1998年版,第346页。

一 "语言说我"与"我说语言"

部的,是被排除在外的;而审美客体本身却是由表现为艺术形式的内容(或者说是包含着内容的艺术形式)构成的。"他说:"艺术家在词语上下工夫,最终目的是克服词语,因为审美客体是在词语的边缘上,在语言的边缘上生成的。不过,对材料的克服具有纯粹内在的性质,因为艺术家摆脱语言学意义上的语言,不是通过对语言的否定,而是通过对它作内在的完善:艺术家仿佛用语言自身的武器来制胜语言,通过从语言学上加以完善的途径,迫使语言超越自身。"①那么,如何才能使语言在文学中"大显身手"呢?如何才能"对它作内在的完善"呢?如何才能使它"进入审美客体内部"呢?"进入审美客体的不是语言学的形式,而是它的价值意义(心理美学则说:是与这一形式相对应的情感意志因素)。"②显然,巴赫金强调语言只有进入文学语境,进入文学作品的整体建构,才能得到"内在的完善",而"艺术家在词语上下工夫"目的则是表现主体的"情感意志因素",这样才能赋予语言以"价值意义",从而"摆脱语言学意义上的语言""克服词语"。从文学创作中创作主体以言表意的角度来看,这就意味着创作主体只有在不断地超越语言的词典意义的赋意行为中,才能使语言进入审美客体。

(三)

布鲁克斯在《悖论语言》中说:"T. S. 艾略特曾评论过诗中'语言

---

① [俄]M·巴赫金:《文学作品的内容、材料与形式问题》,晓河译,见钱中文主编:《巴赫金全集》第一卷,河北教育出版社 1998 年版,第 348—349 页。
② [俄]M·巴赫金:《文学作品的内容、材料与形式问题》,晓河译,见钱中文主编:《巴赫金全集》第一卷,河北教育出版社 1998 年版,第 352 页。

永远作微小变动,词永远并置于新的、突兀的结合之中'。的确是永远在发生;它不可能从诗中排除出去,它只能被加以引导控制。科学的趋势是使其用语稳定,把它们冻结在严格的外延之中;诗人的趋势恰好相反,是破坏性的,他用的词不断地在互相修饰,从而互相破坏彼此的词典意义。"①在文学创作中,创作主体对于语言的"破坏"的确是永远在发生,但是,这种"破坏"不能理解为是对语言的否定,它不像有些未来主义和形式主义者所宣称的那样,是对一切既成语言所进行的革命,摧毁语言的句法、颠覆语言的意义,甚至取消语言的意义主张"无意义语言"。反之,它是创作主体对语言如何更好地表达意向,寻求语言表达意义的各种潜在的可能性所作的努力。换言之,对于语词词典意义的"破坏",并不等于对词典意义的废除,而是在词典意义的基础上,通过对语词创造性地运用扩大能指与所指的表现关系,使之在文学作品的上下文关系中呈现出意义的新维度。词典意义是语义生成的基础,创作主体的赋意行为所获得的言外之意、附加意义或引申意义,都离不开这一基础,或者说是在这一基础上的升华。它们之间的关系即是艾伦·退特所说的"张力"。

在《论诗的张力》一文中,退特提出诗的意义就是指它的张力,在诗歌语言中构成张力的两个因素是外延(extension)和内涵(intension)。这两个术语本是形式逻辑中的一对范畴,作为逻辑术语的外延是指适合某个语词所指涉的一切对象,内涵是指反映该语词所包含的对象属性的总和。语词是外延和内涵的结合体。退特所提出的张

---

① [美]克利安思·布鲁克斯:《悖论语言》,赵毅衡译,见赵毅衡编选:《"新批评"文集》,百花文艺出版社 2001 年版,第 360—361 页。

一 "语言说我"与"我说语言"

力(tension)是在去掉逻辑术语"extension"和"intension"的前缀而形成的①,由此我们可以看到,张力这一概念是通过改变语词外延与内涵的原初意义得来的,这就表明,它既不同于语词原初的意义,但又离不开语词的原初意义,离不开该语词的"词根"。它是在语词原初意义基础上所形成的一个新的、辩证的综合体。所以,退特对于形成诗歌语言中张力的外延与内涵,赋予了新的语义学涵义,他把外延理解为语词的"词典意义"或"指称意义",而把内涵理解为"暗示意义"或附加在语词上的感情色彩,张力就存在于诗歌语言的外延意义与内涵意义的关联与变化之中。他认为张力的有无是评价一切诗歌好坏的普遍标准,诗应当是"所有意义的统一体,从最极端的外延意义,到最极端的内涵意义",因为"我们所能引申出来的最远的比喻意义也不损害文字陈述的外延"②。诚如退特所言,优秀的文学作品其语言所表达出的意义从来都不是单一的,它既需要明晰的外延,又需要丰富的内涵,的确是一个"所有意义的统一体",是一个充满张力的意义空间。其实,中国古代文论对此也早有认识,如《文心雕龙·隐秀》篇云:"文之英蕤,有秀有隐。隐也者,文外之重旨者也;秀也者,篇中之独拔者也。隐以复意为工,秀以卓绝为巧……""夫隐之为体,义生文外,秘响傍通,伏采潜发"③。元人杨载云:"诗有内外意,内意欲尽其理,外意欲尽其象,内外

---

① [美]艾伦·退特:《论诗的张力》,姚奔译,见赵毅衡编选:《"新批评"文集》,百花文艺出版社2001年版,第129—130页。
② 见赵毅衡编选:《"新批评"文集》,百花文艺出版社2001年版,第120页。
③ 刘勰:《文心雕龙·隐秀》,见陆侃如等:《文心雕龙译注》,齐鲁书社1995年版,第482页。

意含蓄,方妙。"①

　　这就提醒人们必须注意到文学作品中的语言存在着不同的意义层面,一是它的"词典意义"或"指称意义"(外延、外意);二是"暗示意义"(内涵、内意、重旨、复意),前者是后者的基础和津梁,后者是前者的引申和超越,这两个意义层面的存在就为张力的产生提供了可能,同样,文学的诗性意义就生成于这两个意义层面之间。因此,在文学创作中,创作主体以言表意必须兼顾到这两个不同的意义层面,必须驾驭好二者之间的张力,这样才能赋予语言以文学意义,也才能使日常的语义信息上升为文学的审美信息,从而在更好地表达创作主体的意向或意图的同时,使作品"深文隐蔚,余味曲包"②,获得更多的言外之意或更为丰厚的诗性意义。刘禹锡《乌衣巷》诗曰:"朱雀桥边野草花,乌衣巷口夕阳斜。旧时王谢堂前燕,飞入寻常百姓家。"③此诗既有明晰的外延意义,又有丰富的内涵意义。外延意义是通过一组景物描写呈现的,朱雀桥边遍生着野草野花,乌衣巷口夕阳斜挂,燕来燕去,翻飞于昔日的王谢堂前和今天的百姓家中。这就是诗中的词典意义传达给我们的表层语义信息,景物描写,历历如画。但是,诗人的意图绝不会停留于此,诗的意义也不会就此打住。诗中的语词所构筑的语象(verbal icon)已不是单纯的景物罗列,它已是渗透并融合着诗人主观情思的意象,诗的内涵意义由此得到引申,在貌似平静、客观的景物

----

　　① 杨载:《诗法家数·总论》,见何文焕辑:《历代诗话》下册,中华书局1981年版,第736页。
　　② 刘勰:《文心雕龙·隐秀》,见陆侃如等:《文心雕龙译注》,齐鲁书社1995年版,第490页。
　　③ 卞孝萱校订:《刘禹锡集》卷二十四,中华书局1990年版,第310页。

一 "语言说我"与"我说语言"

描写中,寄托了诗人深沉的兴亡之叹和强烈的今昔之感,但在诗中诗人并未一语道破,以直言的形式加以陈述,而是化景物为情思,把自己对于历史的感悟和思考巧妙地隐含在对景物所作的铺陈、对比的描写之中,使诗的语言从表层的语义信息顺利地过渡到深层的审美信息,从而在外延意义与内涵意义之间形成了一个富有张力的语义场,意味隽永,发人深思。《诗境浅说续编》评此诗曰:"朱雀桥、乌衣巷皆当日画舸雕鞍、花月沉酣之地,桑海几经,剩有野草闲花,与夕阳相妩媚耳。茅檐白屋中,春来燕子,依旧营巢,怜此红襟俊羽,即昔时王、谢堂前杏梁栖宿者,对语呢喃,当亦有华屋山丘之感矣。此作托思苍凉,与《石头城》(即"山围故国周遭在"一首,引者注)诗皆脍炙词坛。"《批点唐诗正声》评曰:"有感慨,有风刺,味之自当泪下。"《网师园唐诗笺》评曰:"意在言外。"①这些评论对于我们理解此诗的张力,同样不无启发。孔尚任《桃花扇·余韵》一折中的《哀江南》套曲,表达了与上诗相同的主题,二者比较,可见语言意义表达上的差异,其中最负盛名的一段是:

> 俺曾见金陵玉殿莺啼晓,秦淮水榭花开早,谁知道容易冰消!眼看他起朱楼,眼看他宴宾客,眼看他楼塌了。这青苔碧瓦堆,俺曾睡风流觉。将五十年兴亡看饱。那乌衣巷不姓王,莫愁湖鬼夜哭,凤凰台栖枭鸟。残山梦最真,旧境丢难掉。不信这舆图换稿。

---

① 以上三则引文均见陈伯海主编:《唐诗汇评》中册,浙江教育出版社 1995 年版,第 1845 页。

诌一套哀江南,放悲声唱到老。①

这一段唱辞说尽了历史兴亡,嬉笑怒骂,痛快淋漓,但与《乌衣巷》一诗相比,其语言是陈述性的、言论性的直抒胸臆,语义也仅仅停留在语言的外延层面上,让人一听便懂,一看即透,辞尽而意尽,明显地缺乏语义间的张力,所以,相应地也就失去了《乌衣巷》一诗所具有的那种耐人咀嚼的暗示意义和引人遐想的联想意义。当然,仅从语义表达上将二者进行比较,也许有失公允,因为不同的文类或语体制约着语义的表达方式,语言的本质在于对话、交流,戏曲语言必须考虑到观众或听众的理解和接受,或许让人一听便懂、一看即透倒正是戏曲语言的"当行本色"。

这就使我们看到,对于文学语言意义表达上的张力效应,不能一概而论。戏剧类作品的语言必须顾及观众理解、接受的即时性,叙事类作品的语言一般侧重于人物形象、故事情节、环境场面的客观描写和叙述,所以这两类作品中的语言往往是外延意义大于内涵意义,语义的张力只能存在于作品的局部或细节;而抒情类作品的语言则侧重于主观情感的抒发,或触景生情,遇兴遣辞;或寄情于物,托物抒怀,借助语词意象的营构,建立起由外延意义通向内涵意义之间的桥梁,使主客物我"哀乐之触,荣悴之迎,互藏其宅"②。加之这一类作品往往篇幅短小,所以能够通过语词意象有限的排列组合,从而顺利地形成语

---

① 章自福整理:《中国古代十大名剧》,贵州人民出版社 1995 年版,第 391—392 页。

② 王夫之:《薑斋诗话》卷一,见戴鸿森:《薑斋诗话笺注》,人民文学出版社 1981 年,第 33 页。

义之间的张力。这大概也就是中国古代文论中为什么总是强调诗歌语言的表达一定做到言近旨远、辞浅意深,既要能状难写之景如在目前,又要能含不尽之意见于言外,强调诗歌语言一定要表现出象外之象、景外之景、味外之旨、韵外之致的原因之所在了。尽管如此,但这并不意味着叙事类和戏剧类作品的语言大都是词典意义的照搬。如前所述,创作主体以言表意的过程同时也是赋予语言以意义的过程,一个语词一旦进入文学作品,它已是审美意象、艺术形象的组成部分,已经成为主体表达意向或意图的物化或物态化形式,语言的词典意义在具体的文学语境中已经被赋予了新的生命。海德格尔曾指出,当色彩出现在大师的画中,色彩就不仅仅是色彩;当石头从属于一个希腊古寺的三角墙时,石头也再不是石头①。文学创作固然离不开语言的词典意义,但文学作品中的语言已不再是语言学意义上的语言,它已经获得了语义上的附加值。从这一意义上来说,无论哪一种类型的文学作品都是创作主体"我说语言"的产物,并且都存在着生成语言张力的各种可能性,因为语言本身已经给言语主体留下了用武之地,"语言的功能就在于,它保证了言语表述的多样性享有充分的自由和丰富的手段,尽管它所提供的往往只是每时每刻独立地创造这类言语表述的可能性。"②

对于创作主体而言,如何充分地运用各种艺术技巧和表现手法将这种可能性变为现实,如何运用语言的张力更好地表达自己的意

---

① 转引自[德]加达默尔:《哲学与诗歌》,严平译,见严平编选:《加达默尔集》,上海远东出版社 2003 年版,第 557 页。

② [德]威廉·冯·洪堡特:《论人类语言结构的差异及其对人类精神发展的影响》,姚小平译,商务印书馆 1999 年版,第 110 页。

向和意图,从而真正实现对语言富有创造性的、诗意的运用,这是衡量文学语言艺术性高下的一个重要尺度,真可谓运用之妙,存乎一心。

二 直接意指与含蓄意指

（一）

从符号学角度来看，语言作为表意的符号系统是一个不断地编码和解码的过程。如上所述，文学创作之所以能对语言进行创造性的、诗意的运用，原因就在于创作主体充分地利用语言自身的可变性机制，将语言符号能指与所指之间的指称关系，进一步扩大为表现关系，借助语词的外延意义与内涵意义之间的张力，以表达主体的意向或意图，从而传达出文学的诗性意义。显然，诗性意义的获得离不开创作主体对于语言的赋意行为，由此而言，文学创作是一个对语言重新编码的过程。这一过程尽管是从个别的、具体的语词开始的，但在一般情况下它并不止于语词。从上文对于张力的个案分析中我们可以清楚地看到，个别的、具体的语词只是语义结构的组成要素，是一个功能性的存在，只有当它与其他语词形成一定的组合关系，纳入文本语境或总体结构中时，语义之间的张力才能被激活并得以显现，同时也才能完成对于语言的重新编码。

可见，文学作品中语义的张力不仅存在于语词的外延意义与内涵意义之间，它更存在于一般语言意指系统与文学对语言重新编码所形成的特殊的意指系统之间。劳特曼认为，文学文本至少是由两个重叠在一起的符号系统所组成的,一个是语言学系统,另一个是建立于其上的文学系统,他说:"文学用一种特殊的语言来讲话,这种特殊的语言是作为第二系统而置于自然语言之上的。""尽管文学艺术以自然语言为基础,其意义却只在于把自然语言转换为它自己的第二语言,即艺术语言。后者自身就是一个复杂的语言等级体系,彼此联系,但不等同。对于艺术文本多种理解的理论可能性即与此有关。显然,艺术的语义饱和状态也与此有关,而在任何其他非艺术语言中,这种语义饱和状态是不可能存在的。"①毫无疑问,文学文本中的这种"语义饱和状态"是由两个不同的符号系统的交叉、重叠所造成的。对于这两个不同的符号系统,巴尔特曾作过极为精彩的分析,他指出:"我们记得,一切意指系统都包含一个表达平面(E)和一个内容平面(C),意指作用则相当于两个平面之间的关系(R),这样我们就有:ERC。现在我们假定,这样一个系统 ERC 本身也可变成另一个系统的单一成分,这个第二系统因而是第一系统的引申。这样我们就面对着两个密切联系但又彼此脱离的意指系统。……第一系统(ERC)变成表达平面或第二系统的能指……或者表示为(ERC)RC。……于是第一系统构成了直接意指平面,第二系统(按第一系统扩展而成的)构成了含蓄意指平面。于是可以说,一个被含蓄意指的系统是一个其表达面本身由一意指系统构成的系统。通常的含蓄意指显然是由复合系统构成的,后者的分节语言形成了第一个系统(例如,文学中的情况就是这样)。""含蓄意指本身既然是一个系统,它包含着能指、所指和把二者结合在一

---

① [苏联]尤里·劳特曼:《艺术文本的结构》,王坤译,见胡经之等主编:《西方二十世纪文论选》第二卷,中国社会科学出版社 1989 年版,第 378、381 页。

二 直接意指与含蓄意指

起的过程(意指作用),对于每个系统来说首先都需要研究这三种成分。含蓄意指的能指被称作含指项(connotateurs),它是由被直接意指的系统的诸记号(被结合的能指与所指)所构成的。"[1]在巴尔特看来,文学文本属于含蓄意指系统,它是由第一系统的直接意指平面和第二系统的含蓄意指平面所组成的复合系统。第一系统本身就是一个意指系统,但在文学文本中由于创作主体的意指作用,第一系统就变成了第二系统的表达平面或能指层面,成了含蓄意指的"含指项";创作主体的意向或意图的意指作用,构成了第二系统的含蓄意指平面,在此基础上就形成了一个包含着二者的含蓄意指系统。巴尔特所强调的显然是文学系统所具有的象征、隐喻性质,所以他把文学看成是一个含蓄意指系统。

文学作为一种含蓄意指系统,一方面,它决定了创作主体的表意行为必然是对语言的重新编码和再次意指;另一方面,它也要求接受者以同样的眼光把文学当作一个特殊的语义系统加以理解。经过重新编码和再次意指的文本语言由此获得了深层的象征意义、隐喻意义或引申意义。但必须指出的是,从直接意指平面到含蓄意指平面的转换并不需要以破坏和否定前者的语言形式为前提,因为这种转换不过是将直接意指平面的语言符号作为含蓄意指平面的能指来看待,它仍然要通过语言符号通常的组合关系来实现。这种转换既可以是整个文本结构形式,如陶渊明的《桃花源记》、曹雪芹的《红楼梦》、加缪的《局外人》、艾略特的《荒原》等,文本似乎成了一个大的能指或喻体;也

---

[1] [法]罗兰·巴尔特:《符号学原理》,李幼蒸译,三联书店1988年版,第169—170页。

可以是文本中的一段描述或具体意象，同时还包括语词及其组合。自然，这种转换能否达成，最终离不开文本内、外的语境。巴尔特认为，直接意指平面是含蓄意指平面赖以"消耗"的基础，"不管含蓄意指以什么方式'加于'直接意指的信息之上，它也不可能将其吸尽"[①]。这就意味着在文学文本这一复合系统内，尽管直接意指平面和含蓄意指平面分别表现出不同的意指关系，但它们又是互为前提的。说到底，作为含蓄意指平面能指的直接意指平面，本身就是意指系统的产物，当它充当文学这一含蓄意指系统的表达平面时，它已成为系统不可分离的一个部分，由此而引申出来的含蓄意指平面，其意指在语义的联想关系上必然要受到它的制约和影响。这样，系统内的两个平面就形成了张力，正是这种张力的存在，文学文本才能获得非文学文本所不具备的"语义饱和状态"，创作主体对语言的重新编码和再次意指的赋意行为才成为可能，文学这一含蓄意指系统也才得以成立。例如，从文本中的语词来看，夏丏尊谈及训练文学语言的语感时指出："在语感敏锐的人的心里，'赤'不但解作红色，'夜'不但解作昼的反面吧。'田园'不但解作种菜的地方，'春雨'不但解作春天的雨吧。见了'新绿'二字，就会感到希望、自然的化工、少年的气概等等说不尽的旨趣，见了'落叶'二字，就会感到无常、寂寥等等说不尽的意味。"[②]在这一段话中，作为直接意指平面的"赤""夜""田园""春雨""新绿"等，在日常语言交流系统中它们的语义是固定的，有着明确的所指，但在文学文本

---

① [法]罗兰·巴尔特：《符号学原理》，李幼蒸译，三联书店1988年版，第171页。
② 转引自《叶圣陶论创作》，上海文艺出版社1982年版，第136—137页。

二 直接意指与含蓄意指

中,这些语词所指称的对象成了含蓄意指平面的能指,在文本语境的压力下它们的所指发生了变化、漂移,具有了某种说不尽的"旨趣"或"意味",即具有了一定的隐喻、象征或联想的意义;但是,为什么"见了'新绿'二字,就会感到希望、自然的化工、少年的气概等等说不尽的旨趣",而"见了'落叶'二字,就会感到无常、寂寥等等说不尽的意味"呢?为什么二者不能互换呢?原因是多方面的,如从格式塔心理学来看,"新绿""落叶"与人的心理存在着某种"异质同构"的关系,但从语义学角度来看,其中一个原因就在于"新绿""落叶"作为含蓄意指平面的能指,尽管它们的所指在文学文本中发生了变化,形成了新的意指关系,但在这一关系形成的过程中,它们原先在日常语言交流系统所形成的基本语义总会潜在地发挥作用,制约着含蓄意指的联想过程,换言之,无论直接意指平面的语言符号在含蓄意指系统中所指发生多大的变化,其基本语义不会因此而脱落,它们与含蓄意指所产生的新的所指总存在着无法摆脱的、各种各样的关联。

从宏观角度来看,必须指出的是,文学文本与其他文本如科学文本等相比,虽然属于含蓄意指系统,但它毕竟是以自然语言的直接意指系统为基础的,并非所有的文学文本都具有明显的含蓄意指,同时文学文本中的语言也并非全都执行着含蓄意指的功能。巴尔特在《写作的零度》中通过对欧洲"古典时代散文和诗"与现代诗的语言进行比较,对古典语言缺乏"内涵浓度"曾提出过尖锐的批评,他认为:"在古典艺术中,一种完全现成的思想产生着一种言语,后者'表达'、'转译'前者。""古典诗的功能不是去找到新的、更富内涵或更响亮的字词,而是去排列一种古代的程式,完善一种关系的对称性或简洁性,把思想导向或归为一种格律的规范之内。""古典字词由于在有限数量的彼此永远相似的关系中过度使用，而倾向于成为一种代数式表达。修词手段、陈词俗语是一种联系手段的潜在的工具，它们为了实现话语的一种更紧密的联系状态而失去了自己的蕴涵浓度。它们起着化学价一样的作用，勾勒出一个充满对称联系、交汇点和关节点的语言场，从这里永远不会突然停顿地涌现出新颖的传意意向来。古典话语的诸片段并不直接表示其意义，它们成了传意手段或宣传手段，把意义不停地向前传去，不愿意沉积于一个字词的底部，而是扩展为一种完整的理智性姿态，即通讯交流的姿态。"①且不论巴尔特的上述批评是否公正全面，但它无疑从另一个侧面向人们展示了文学中客观存在的一个事实，即在文学文本中，一方面，含蓄意指固然是文学所追求的目标，它可以深化语言的"内涵浓度"，丰富文学的意义；但另一方面，直接意指在文学中也有它的一席之地，一定程度上可以相对独立地发挥表意传意的作用，二者在文学的语义系统中往往交错重叠，相须为用。

（二）

从语义传达的角度来看，直接意指系统一般是在抽象意义上使用语言，偏重于语言的指称意义、概念意义或逻辑意义；含蓄意指系统则是借助直接意指所指称的对象，通过对语言的重新编码进而形成一定的语言形象或审美意象，间接地传达表层意义之外的深层意义，从而造成语义的扩张，它是一种具有审美直觉性的诗性意义，体现了维柯

---

① ［法］罗兰•巴尔特：《符号学原理》，李幼蒸译，三联书店1988年版，第85—87页。

二 直接意指与含蓄意指

所说的"诗性的智慧"。卡西尔曾指出:"我们的日常语言不仅具有概念的特征和意义,而且还具有直觉的特征和意义。我们的常用词汇不仅仅是一些语义符号,而且还充满着形象和特定的情感。它们不仅诉诸我们的感情和想象——它们还是诗意的或隐喻的词组,而不只是逻辑的或'推理的'词组。在人类文化的早期,语言的这种诗意或隐喻的特征似乎比逻辑的或推理的特征更占优势。……但是,如果说,从发生学的观点来看我们必须将人类言语具有的这一想象的和直觉的倾向视为言语的最基本和最重要的特征之一,那么另一方面我们会发现,在语言的进一步发展过程中,这一倾向逐渐减弱了。语言越是扩大和展开其固有的表现力,它也就变得越抽象。"①这一结果使语言逐渐成为理智的、概念的符号,但日常语言中直觉的、诗意的一面并未因此而丧失,它不仅在文学这一含蓄意指系统中得到了保留并且还在不断地发展。那么,文学的诗性意义和诗性智慧具有哪些表现形态呢?换言之,它是通过哪些途径达致含蓄意指和语义扩张的呢?

综观古今中外的文学实践,我们不难发现,在文学这一特殊的语义系统内,创作主体常常运用各种的修辞技巧对语言重新编码来造成含蓄意指和语义扩张的效应,诸如隐喻、象征、双关、反讽、比兴、寄托等等都是达致这一效应的具体途径,下面仅就隐喻和象征略作分析。

翁贝尔托·埃科在《符号学与语言哲学》一书中探讨"隐喻和符号化"问题时指出,对于文本中的隐喻,"从隐喻出发,开始解释的过程时,隐喻的解读、象征的解读和寓意的解读之间的界限往往是很难确

---

① [德]恩斯特·卡西尔:《语言与神话》,于晓等译,三联书店1988年版,第164页。

定的"①。应该如何对隐喻与象征进行有效的区分,学术界一直存在争议。在国内文学研究领域,也常常出现将二者混用或简单等同的情况。

在西方文化传统中,隐喻一词具有多重内涵,但它最早是作为一种修辞技巧而被提出的。作为一个古老的修辞技巧,隐喻在文学中一直受到人们的重视。亚理斯多德在《修辞学》一书中就已谈到了隐喻的语义功能,他说:"语言是表达思想的,能够使我们把握新的思想的语言,是最为我们所喜欢的语言。陌生的词汇使我们困恼,不易理解;平常的词汇又不外老生常谈,不能增加新的东西。而隐喻却可以使我们最好地获得某些新鲜的东西。"②对于隐喻的语义构成因素,瑞恰慈曾作过一个经典的分析,他把隐喻分为要旨(tenor,又译为"喻旨")和媒质(vehicle,又译为"喻体")两个部分,前者是隐喻的抽象意义或本义,后者是隐喻的具体含义或比喻义。例如,在诗句"现在是我们不满(所组成)的冬天……"中,"不满"是要旨,而"冬天"则是媒质,媒质不仅起着说明要旨的作用,它还暗示着悲苦、荒凉和等待等意念,从而丰富了句子的含义并使媒质和要旨形成一个多重意义的复合体③。显然,构成隐喻的喻旨和喻体是异质的,它们分属于两个不同的领域或语境。隐喻的多重意义是通过类比联想寻找二者之间的相似性,使二

---

① [意]翁贝尔托·埃科:《符号学与语言哲学》,王天清译,百花文艺出版社2006年版,第230页。
② [古希腊]亚理斯多德:《修辞学》第三卷第十节,蒋孔阳译,见伍蠡甫主编:《西方文论选》上卷,上海译文出版社1979年版,第94页。
③ [英]罗吉·福勒:《现代西方文学批评术语辞典》袁德成译,四川文艺出版社1987年版,第159页。

二 直接意指与含蓄意指

者在文本语境的压力下发生意义的互动而形成的。需要指出的是,隐喻的类比原则既强调二者的相似性,又承认二者的异质性,喻体与喻旨之间的关系不是一个简单的置换或替代的关系,而是相互激发和相互补充的关系,是二者之间的相互作用与相互转换,正是这种异中之同与同中之异,使隐喻获得了喻体与喻旨各自分开所不能获得的语义张力,从而将多种意义融为一体。

文学中的隐喻,往往是通过喻体所形成的意象来达到含蓄意指的,喻体与喻旨之间形成的暗示关系及其联想意义,既离不开文本的内、外语境,同时也离不开接受者的参与和理解,特别是面对喻旨并未明确出现的隐喻则更是如此。例如威廉·布莱克的一首名诗《我美丽的玫瑰花树》(My Pretty Rose Tree):

> A flower was offered to me;
> Such a flower as may never bore,
> But I said,"I've a Pretty Rose – tree,"
> And I pass the sweet flower o'er.
>
> Then I went to my Pretty Rose – tree,
> To tend her by day and by night.
> But my Rose turned away with jealousy,
> And her thorns were my only delight.

有人送我一朵花儿,

> 五月绽放的最美的花儿也及不上她，
> 但我说"我已有了一棵美丽的玫瑰花树"，
> 因此而拒绝了那朵甜美的花儿。
> 于是我回到我美丽的玫瑰花树旁，
> 无论日夜精心伺候，
> 但我的玫瑰却因妒忌而掉转身去，
> 她的刺竟是我得到的惟一快乐。①

如果把诗的前两句从诗中单独抽出的话，那它只不过是一句直接意指的简单陈述，看不出任何隐喻意义，但在诗的语境中，尽管作为喻旨的"爱情"没有在诗句中出现，但"花"和"玫瑰花树"作为喻体明显地成了含蓄意指的能指，从而执行着喻体与喻旨相互转换的暗示功能，喻体的真实所指不再停留在它的指称意义上，从中派生出的新的意义需要接受者的联想和体验才能获得。从此诗的文本外语境来看，以"花"和"玫瑰"来喻指心爱的、美丽的女性历来是西方文化和文学的传统，但要想翻出新意殊非易事。如罗伯特·彭斯在他那首著名的《一朵红红的玫瑰》(A Red, Red Rose)一诗中，就把自己的爱人比作一朵红红的玫瑰：

> O my Luve's like a red, red rose,
> That's newly sprung in June;

---

① 段方等编著：《浪漫英语诗歌》，安徽科学技术出版社 2002 年版，第 86—87 页。笔者对译文略有改动。

二 直接意指与含蓄意指

……
哦,我的爱人像一朵红红的玫瑰,
六月里刚刚绽放,娇艳芬芳;
……①

仅从语义角度看,无庸讳言,在彭斯的诗中由于诗人运用的是明喻,喻体与对象之间所建立的是一种对应关系,喻体的指称意义没有发生任何变化,玫瑰就是玫瑰,它所完成的仅是视觉形象上的表层意义的置换,属于直接意指的陈述,因此在喻体与对象之间也就不免缺乏隐喻所具有的语义张力。而在布莱克的诗中,隐喻所完成的含蓄意指使作为喻体的"花"和"玫瑰花树"发生了语义的裂变,诗人所拒绝的"那朵甜美的花儿"既在指称意义上喻指了其人外表的美丽,同时又在隐喻意义上喻指了一场可能发生的甜美的爱情,此外它还意指美丽的诱惑以及由此而带来的危险和伤害;同样,诗人那"美丽的玫瑰花树"也不仅仅是意指妻子美丽的容貌,同时还隐喻婚姻、传统和道德方面的内涵意义。这样,诗人以花喻人就摆脱了西方文学中常见的抒情模式,通过隐喻的创造性运用,使它们附加了更多的理性内涵和意味,从而也使诗的语义具有了丰厚的张力。

中国传统诗论所强调的"比兴"手法其目的也是指向诗歌的含蓄意指,它们在不同的程度上具有隐喻的性质。刘勰《文心雕龙·比兴》篇云:"'比'者,附也;'兴'者,起也。附理者,切类以指事;起情者,依

---

① 段方等编著:《浪漫英语诗歌》,安徽科学技术出版社 2002 年版,第 88—89 页。

微以拟议。""观夫'兴'之托谕,婉而成章;称名也小,取类也大。"①钟嵘《诗品》序云:"文已尽而意有余,兴也;因物喻志,比也;直书其事,寓言写物,赋也。"②由此可见,比兴所运用的"切类""取类"的方法与隐喻一样,都是运用类比联想在不同的事物之间建立语义上的联系。当然,就比兴而言,"'比'显而'兴'隐"③,"比"一般侧重于明喻,而"兴"则更接近于隐喻的性质,或者说就是一种隐喻,宋人罗大经《鹤林玉露·诗兴》云:"盖兴者,因物感触,言在于此而意寄于彼。玩味乃可识,非若赋笔之直言其事也。"④如《关雎》的开头四句:"关关雎鸠,在河之洲。窈窕淑女,君子好逑。"⑤成双成对的雎鸠及其相互和答的鸣叫与君子淑女之间的爱情所引起的就是一种类比联想,所以"关雎"就具有了隐喻的色彩和意义。后汉王逸对于屈原《离骚》中比兴手法的分析更清楚地说明了这一点,他说:"《离骚》之文,依诗取兴,引类譬谕。故善鸟香草,以配忠贞;恶禽臭物,以比谗佞;灵修美人,以媲于君;宓妃佚女,以譬贤臣;虬龙鸾凤,以托君子;飘风云霓,以为小人。"⑥在《离骚》中由于大量隐喻性意象的运用,从而使全诗形成了一个复杂的隐喻网络。

这就提醒我们,隐喻的含蓄意指在文学中并不限于个别具体的语

---

① 刘勰:《文心雕龙·比兴》,见陆侃如等:《文心雕龙译注》,齐鲁书社1995年版,第444、445页。
② 钟嵘:《诗品》,见何文焕辑:《历代诗话》上册,中华书局1981年版,第3页。
③ 刘勰:《文心雕龙·比兴》,见陆侃如等:《文心雕龙译注》,齐鲁书社1995年版,第444页。
④ 罗大经:《鹤林玉露》乙编卷四"诗兴"条,中华书局1983年版,第185页。
⑤ 朱熹集注:《诗集传》,上海古籍出版社1980年新1版,第1页。
⑥ 王逸:《离骚经序》,见洪兴祖:《楚辞补注》,中华书局1983年版,第2—3页。

二 直接意指与含蓄意指

词,它可以扩展为隐喻网络。这样,随着隐喻意指功能的不断延伸和扩大,有时一个文本被看成是一个整体的、巨大的隐喻,看成是对现实世界的隐喻描述,如贝克特的《等待戈多》、海明威的《老人与海》都被看成是喻指人类命运及其生存状态的隐喻性文本。从修辞的角度来看,文学中每一个成功的隐喻都是创作主体对于语言创造性地运用,是两个不同领域或语境中的事物在文本中的猝然相遇,喻体与喻旨的结合,它们相互作用所产生的暗示意义,是一种偶然的、个人化的言语的产物,一旦这种隐喻成为某种稳定的、社会化的表达模式,它就具有了象征的意义。同样,当一个文本与一个非个人的现实世界构成了隐喻,那么,文本世界与现实世界所形成的暗示关系就不再是偶然的、个人化的表达,它也就成了一个象征。

象征与隐喻难解难分,一般把前者看成是隐喻的一种形式,它也是通向含蓄意指的一个有效的途径。保罗·利科尔指出:"从纯语义学的观点来看,象征的定义与隐喻的定义没有什么不同。象征是具有双重意义的表达式,因此,由于含义的相近,由于类似,字面的意义立刻给出不会在其他任何地方,也不以其他任何方式给出的第二种意义。……与罕见的、不平常的、奇异的隐喻不同,构成稳定、持久的象征之力量的,是这些象征将其双重意义的共同结构再次与一种文化,一个共同体,有时是人类整体相结合。在这种情况下,象征可以被称为(不是没有某些危险的)原型(archétypes)——用这词来指称那些名符其实的象征,它们似乎对于广阔的文化整体来说都是共同的,或者是通过影响或借鉴,或者因为是最根本的、最共同的人类经验,保证了它们的稳定性。"①可见,象征与隐喻有着相同的语义构成,也有着相似的语义功能。但是,象征与隐喻也存在着较为明显的区别,首先,对于隐喻来说,"它是一种瞬间的言论创造物,一种完全非公众的,前所未闻的表达"②,亦即利科尔所强调的,它的特征是罕见的、不平常的、奇异的;而对于象征来说,它的形成则离不开社会、历史和文化的积淀,在它的身上鲜明地体现出社会、历史和文化所施加的影响及其潜在的力量,体现出一个社会共同体、文化共同体乃至人类整体的整体认同感。惟其如此,象征一旦形成就获得了普遍的、持久的、稳定的力量。一个隐喻性的意象如果得到社会共同体、文化共同体的普遍认同,被不断地、广泛地加以使用,那它就变成了一个原型意象,从而就获得了某种特定的内涵和意义。其次,隐喻的对象及其所指既可以是具体的事物也可以是抽象的事物,而象征的对象和所指则偏重于精神性的、抽象的事物。再次,从话语接受的角度来看,由于隐喻是对语言创造性的运用,是两个不同领域或语境中的事物在文本中的猝然相遇,"以至于如果从字面上理解隐喻,话语就会'卡壳',因为存在着一种难以理解的'主题的跳位'。……但使用象征方式时却并非如此。一位不能抓住象征方式的迟钝的接收者,也能判断出在字面的意思上理解被说出的东西并不妨碍语义的连贯性。"③"香草美人"在《离骚》中是一种

---

① [法]P. 利科尔:《言语的力量:科学与诗歌》,朱国均译,见《哲学译丛》1986年第6期,第44页。
② [法]P. 利科尔:《言语的力量:科学与诗歌》,朱国均译,见《哲学译丛》1986年第6期,第44页。
③ [意]翁贝尔托·埃科:《符号学与语言哲学》,王天清译,百花文艺出版社2006年版,第302页。

二 直接意指与含蓄意指

隐喻,但在后来大量的诗歌作品中它却成了一种象征。每一种象征意象都形成于特定的文化语境和文学传统,同时它也是这种文化和文学传统不可分割的一个组成部分。例如,在中国传统文化和古典诗词中,"龙凤"象征皇权,"布衣"象征贫贱,"杨柳"象征别离,"月亮"象征团圆,"红豆"象征相思,"流水"象征时间,"梅""兰""竹""菊"被称为"四君子"象征君子高洁、坚贞的人格和操守……。在西方文化和文学中,"十字架"象征苦难,"伊甸园"象征幸福,"玫瑰花"象征爱情,"百合花"象征纯洁,"鸽子"和"橄榄枝"则象征和平……。

  对于文学来说,象征无疑是造成含蓄意指的重要手段,但值得注意的是,文学象征所具有的双重意义并非直接来自原型象征意象,而是来自于创作主体对于这些意象的象征性运用,来自于对它们的再度意指,换言之,只有把原型象征作为一个有力的参照和积极的背景,利用其象征意义重新建立意象的所指,才能激发出象征语言的语义张力,文学象征的含蓄意指功能也才得以显现。不妨来看宋人吕本中的《采桑子》一词:

  恨君不似江楼月,南北东西。南北东西。只有相随无别离。
  恨君却似江楼月,暂满还亏。暂满还亏。待得团圆是几时。①

在中国古典诗词中,"月"是团圆的象征,但在这首词中,这一意象的象征意义被作者二度意指,它既象征了团圆,同时又象征了别离。词中"恨君不似江楼月"与"恨君却似江楼月"的悖论性表达,成功地表现了

---

① 唐圭璋编:《全宋词》第二册,中华书局 1965 年第 1 版,第 935 页。

抒情主人公爱怨交加的矛盾心理,同一"江楼月"在作者二度意指的作用下其象征意义发生了裂变,从而体现出作者对象征手法的巧妙运用以及文学象征所具有的语义张力。

  如上所述,象征与隐喻有着相同或相似的语义构成和语义功能,二者并没有本质上的区别,优秀的文学象征往往具有隐喻的特征,同时,不少隐喻也常常借助象征性的意象形成喻体对喻旨的暗示功能。在文学象征中,一个意象如果兼具了隐喻的特征,那么,其所引发的联想意义必将更为丰富,并且其象征意义也必将获得更为普遍、持久和稳定的力量。罗伯特·弗罗斯特的《火与冰》(FIRE and ICE)一诗堪称是这方面的代表作:

> Some say the world will end in fire,
> Some say in ice.
> From what I've tasted of desire,
> I hold with those who favor fire.
> But if it had to perish twice,
> I think I know enough of hate
> To say that for destruction ice
> Is also great
> And would suffice.

> 有人说,毁灭世界的将是火;
> 有人说,将是冰。

二 直接意指与含蓄意指

就因为欲望的滋味我尝过,
我认为,说是火的人没说错。
但我想我对恨了解相当深,
所以倘世界得毁灭掉两趟,
我敢说,要世界消灭个干净
冰同样有力量,
而且也肯定行。①

在诗中,诗人用"火"来象征欲望(desire),用"冰"来象征仇恨(hate),旨在通过直观性的意象让世人感受到这两种足以毁灭世界的可怕的力量,从而对它们保持警醒、加以克制。"火"与"冰"是两种常见的事物,切近人类的日常经验,用它们来象征同样是人类日常经验的欲望与仇恨,这两个意象所具有的象征意指功能使它们获得了特定的象征意义。但是,这一象征又具有明显的隐喻特征,作为喻体的"火"与"冰"与作为喻旨的欲望与仇恨之间构成了类比和暗示关系,在诗的语境中,喻体与喻旨相互作用,一方面,它使喻体的所指发生了变化,产生了丰富的联想意义;另一方面,喻旨的本义又影响着类比所产生的联想,如"火",人们自然也会联想到光明、温暖、热情、勇气等,但由于喻旨与喻体之间对应所构成的暗示关系,二者存在着意义的互馈,"火"使人联想的只能是它所具有的破坏性一面,从而保证喻旨得到有效的说明。这就是隐喻语言本身的张力。正是在这种张力的作

---

① 黄杲炘编译:《美国抒情诗100首》,上海译文出版社1994年版,第158—159页。

用下,"火"的隐喻意指着原始的本能、暴力、战争、野蛮、恐怖等方面的内容,"冰"则暗示着冷酷、隔膜、荒凉、扼杀生命等内涵和意味。象征与隐喻并行不悖相互结合,使该诗的语言获得了语义的扩张,同时,诗的含蓄意指也升华到了哲理的高度。

总之,隐喻和象征二者既有联系又有区别,只有注意到了二者的同中之异和异中之同时,我们才能有效地把握文学文本的丰富语义以及含蓄意指所造成的语义扩张效应。

应该指出,文学创作中除了修辞以外,尚有大量的含蓄语言的表达方式,如意象并置、结构空白、语词省略、语境暗示等,都是造成含蓄意指有效的方法和途径。

(三)

作为一种含蓄意指系统,文学语言与日常语言、科学语言相比具有明显的多义性特征。威廉·燕卜荪在《朦胧的七种类型》中认为朦胧(ambiguity,又译为复义、含混、多义性)是一切优秀诗歌所共有的特征[①]。保罗·利科尔曾把科学和诗歌作为两种对立的语言运用的模式,从而分析它们对语言中普遍存在的一词多义现象所采取的不同的策略,他指出:"从功用的观点来看,一词多义有其积极的一面,也有其消极的一面。它的积极方面就是它有非常经济的特点。在需要有人类经验的无限变化和个人观点的无限多样的那种无限词汇的地方,建立在一词多义之上的语言有一种优越性,能从词汇列举的实际含义的

---

① [英]威廉·燕卜荪:《朦胧的七种类型》第二版序言,周邦宪等译,中国美术学院出版社1996年版,第10页。

二 直接意指与含蓄意指

有限集合中获得实际上数不清的现实含义。……但是,为这种经济性所付出的代价是高昂的:词的一词多义带来了言论歧义性的危险。一词多义是正常现象,歧义性则是病态现象。"他认为,在对待言论可能产生歧义性方面,科学语言"可以定义为系统地寻求消除歧义性的言论策略",而诗歌语言则"从相反的选择出发,即保留歧义性以使语言能表达罕见的、新颖的、独特的,因而也就是非公众的经验"。在他看来,诗歌的语言策略"其目的在于保护我们的语词的一词多义,而不在于筛去或消除它,在于保留歧义,而不在于排斥或禁止它。语言就不再是通过它们的相互作用构建单独一种意义系统,而是同时构建好几种意义系统。从这里就导出同一首诗的几种释读的可能性"①。

从创作主体以言表意的角度来看,文学语言的多义性固然保护"语词的一词多义",但从根本上说,它更是出于创作主体表意的需要,是创作主体对于语言进行重新编码和再度意指时所获得的语义张力。它激发了语言固有的表意活力,体现了言语所具有的力量,使之服从于主体丰富的意向或意图的表达,从而创造出文学这一包含着"几种意义系统"的审美含蓄意指系统。文学不仅保留了语言的多义性,而且还在发展着语言的多义性。从文学接受的角度来看,语言的含蓄意指及其多义性是形成文本语义"空白"和"未定点"的根本原因,它使文学文本成为一个"期待结构"或"召唤结构",期待并召唤着读者运用自己的想象和理解,对于文学语言的含蓄意指进行适当的"审美具体

---

① [法]P. 利科尔:《言语的力量:科学与诗歌》,朱国均译,见《哲学译丛》,1986年第6期,第41、44页。

化"。所以,文学含蓄意指的生成,一方面离不开创作主体充分利用语言张力造成语义扩张的意指行为,另一方面同样离不开接受主体对于作者意向或意图的理解和把握,只有这样,创作主体以言表意的真实意图以及语言的含蓄意指才能真正实现。但我们也必须看到,接受主体对于文本"审美具体化"的过程从来都不是被动的,从文学诠释学的立场上来看,对于文学文本的接受是一种"理解事件",它有着自己的"效果历史",每一个接受主体都从各自的"前理解"和"期待视野"出发,对文本进行理解和解释,文本的意义不是固定不变的,它的意义存在于接受者与文本双重视阈的对话、互动之中,存在于二者"视界融合"的过程之中,如此,文学文本的意义就具有了面向每一个接受者的无限开放性以及意义的不断生成性,意义既存在于接受者对作者意图的切实理解或对文本审美性的阅读之中,也存在于各种"误读""曲解"或对文本非审美性的解释之中,应该承认,后者是在接受维度上对于文本意义的再生产,客观上赋予了文学语言以多义性的效果。

  从文学创作的实际情形来看,文学语言的多义性归根到底源于创作主体运用语言表达意向或意图的创作行为,源于创作主体对于语言的重新编码和再度意指,它体现了创作主体明确的创作意图,体现了文学这一特殊的语义系统在表达潜在语义信息方面所特具的含蓄之美、朦胧之美或无言之美。不言而喻,文学语言的多义性不仅体现于个别语词的一词多义,多义性语言所传达的潜在信息,一方面离不开文学含蓄意指系统内部不同语义系统之间的相互作用,如罗兰·巴尔

二 直接意指与含蓄意指

特所言:"意义并不终止于所指,意义是序列的重新排列。"① 另一方面离不开接受者的感知和体悟,接受主体对于潜在信息究竟如何把握,直接关系到创作主体的创作意图以及多义性语言所产生的艺术效果。譬如下面两首唐诗:

> 洞房昨夜停红烛,待晓堂前拜舅姑。
> 妆罢低声问夫婿,画眉深浅入时无?
> ——朱庆余《近试上张籍水部》②

> 越女新妆出镜心,自知明艳更沉吟。
> 齐纨不是人间贵,一曲菱歌抵万金。
> ——张籍《酬朱庆余》③

这是两首典型的"比体诗",通篇都用比兴。前一首诗又名《闺意献张水部》,是朱庆余在进士考试之前呈送主考官张籍所作。在这两首诗中存在着两个不同的语义系统,从直接意指平面上来看,诗歌的表层语义信息已通过新妇与新郎的问话与应答将"闺意"非常生动地表现出来,情趣盎然。但诗人真正的创作意图显然不在诗中的字面意义所传达的表层信息上,直接意指平面所形成的语义构成了含蓄意指的能指或喻体,从而间接地表现着诗人真正的创作意图。

---

① 转引自赵毅衡:《文学符号学》,中国文联出版公司1990年版,第115页。
② 彭定求等编:《全唐诗》第515卷,中华书局1960年版,第5892页。
③ 彭定求等编:《全唐诗》第386卷,中华书局1960年版,第4362页。

从诗的含蓄意指平面上来看,朱庆余将自己比作新妇,将张籍比作新郎,口吻仪态,惟妙惟肖,"画眉深浅入时无?"其潜在的语义信息是在询问张籍:我考前呈送给您的诗作(即举子考前的"行卷")是否合适,是否符合您的要求?张籍的酬答同样巧妙,表明他对朱庆余诗中潜在信息的心领神会,他将朱庆余比作新妆的"越女","自知明艳更沉吟"和"一曲菱歌抵万金"两句,其潜在的语义信息都在意指朱庆余诗作的清新可喜并且肯定了他出众的才华。这两首诗一问一答,言在此而意在彼,直接意指的外延意义与含蓄意指的内涵意义相互叠合,使两种不同的语义系统产生了意义之间的张力,潜在的语义信息既实现了诗人彼此的创作意图,同时又使诗作获得了含蓄之美、朦胧之美,从而体现出多义性语言所特有的语义效果和艺术魅力。

  由上可知,文学语言的多义性是文学这一特殊语义系统的必然产物。在文学文本中,多义性的语言策略往往是靠介于直接意指与含蓄意指之间的语词意象及其意象系统来实现的。巴尔特指出:"使一种语言变成间接的语言,最有效的办法就是尽量不断地指喻具体事物本身,而不是它们的概念,因为一个具体事物的意义总是闪烁不定的,而概念的意义却不会。"[①]所谓"具体事物"对于文学而言即是文学意象,文学语言是一种典型的意象化语言。从语义传达的角度来看,意象化语言往往具有极大的含蓄意指功能,具有生成多元意义的多种可能性。在文学创作中,创作主体一般是通过意象所富含

---

① [法]罗兰·巴尔特:《批评文论集》,转引自乔纳森·卡勒:《结构主义诗学》,盛林译,中国社会科学出版社1991年版,第291页。

二 直接意指与含蓄意指

的潜在信息,在文本上下文关系的暗示下,从而达到表达意向或意图的目的。但是,如果文本的意象过于复杂、纷繁,或者创作主体的意图过于隐蔽、朦胧,使人们无法从文本的意象中获得创作主体的含蓄意指或暗示意义,那么,潜在信息所传达的多义性就会变得扑朔迷离,从而在语义上给人以隐晦、暧昧之感,使人难以索解。如李商隐的《锦瑟》:

> 锦瑟无端五十弦,一弦一柱思华年。
> 庄生晓梦迷蝴蝶,望帝春心托杜鹃。
> 沧海月明珠有泪,蓝田日暖玉生烟。
> 此情可待成追忆,只是当时已惘然。①

这首诗意象纷呈,格调凄婉,然而它的潜在的语义信息究竟意指什么,诗人究竟要表现什么样的创作意图?自北宋以来,众说纷纭,有的说是咏瑟,有的说是悼亡,有的说是隐射时局,有的说是夫妇琴瑟之喻,有的说是自伤身世等等,虽然对此诗意旨的探讨仍在继续,但至今未能达成共识。元好问《论诗绝句》云:"望帝春心托杜鹃,佳人锦瑟怨华年。诗家总爱西昆好,独恨无人作郑笺。"②毫无疑问,诗中纷繁的意象蕴涵了极其丰富的潜在信息,暗示着诗人意欲表达的意向或意图,但这些意象却是朦胧的、多义的,甚至是只可意会难以言传的。这些潜

---

① 刘学锴等著:《李商隐诗歌集解》,中华书局1988年版,第1420页。
② 郭绍虞笺释:《元好问论诗三十首小笺》,人民文学出版社1978年版,第67页。

在信息的所指意义究竟是什么,诗人真正的创作意图究竟是什么?人们也只能借助诗中的意象及其文本内、外的语境进行解读,寻求其答案。谢榛在《四溟诗话》中曾说:"诗有可解、不可解、不必解,若水月镜花,勿泥其迹可也。"①谢氏所言恰好说明文学意象在传达潜在语义信息方面所具有的多义性、朦胧性的特征。康德在分析审美意象时也曾指出:"在这种形象的显现里面,可以使人想起许多思想,然而,又没有任何明确的思想或概念,与之完全相适应。因此语言就永远找不到恰当的词来表达它,使之变得完全明白易懂。这就很清楚了,审美意象是和理性观念相对称的。"②文学语言是一种意象化的语言,它既有"可解"的一面,又有"不可解"的一面。当然,所谓"不可解",也只是相对的,因为在文学这一审美含蓄意指系统内,它根本不可能排除语言的直接意指平面,不可能排除语言的概念意义、指称意义或逻辑意义。用利科尔的话说,诗歌语言"同时构建好几种意义系统"。况且,文学意象是一种语词意象,尽管意象具有生成各种潜在意义的可能性,语词的所指也在或多或少地发生变化,然而这些都是以语词的概念意义或指称意义作为基础,语词意象所产生的各种潜在信息从根本上来说,离不开语词的概念意义或指称意义的暗示作用。惟其如此,尽管《锦瑟》一诗中的意象是多义的、朦胧的,但人们仍能从诗中语词的概念意义或指称意义上获得提示或暗示,并在意象可能产生的各种潜在信息中不断地寻绎诗人真正的含蓄意指。反之,从接受的角度来看,

---

① 谢榛:《四溟诗话》卷一,见丁福保辑:《历代诗话续编》下册,中华书局1983年版,第1137页。
② [德]康德:《判断力批判》第二卷第四十九节,蒋孔阳译,见伍蠡甫主编:《西方文论选》上卷,上海译文出版社1979年版,第563页。

二　直接意指与含蓄意指

即使一首诗中的语词意象是"可解"的,诗人的意图也是明确的,但语词意象仍然具有生成其他潜在意义的多种可能性,语词意象所蕴涵的意义绝不会因创作主体的意图而定于一尊。"作者之用心未必然,而读者之用心何必不然。"①这就意味着,在文学这一特殊的语义系统内,无论是创作主体对于语言的编码,还是接受主体对于语言的解码,都是对于语言的再次意指,都是在努力寻求直接意指背后可能产生或存在的含蓄意指和潜在信息。加达默尔说:"那种任何事物都指向某种可辨认的意义或概念的期待感是令人绝望的。文本富有诗意地唤起寓言的纯粹外观,并且开启一个模糊性的领域。"②所以,文学语言的"可解"与"不可解"从来都不是绝对的,必须辩证地加以看待。

雅克·马利坦在分析文学的诗性意义时指出:"诗性意义是一种由数种含义所构成的内在含义:词语的概念意义(或由概念,或由意象传达),词语的想象性含义,以及更其神秘的含义即词语之间和词语所承载的意义内涵之间的音乐关系。因此,诗借其表达观念的概念意义完全从属于诗性意义,诗是通过后者而存在的。""一首诗是清晰的抑或朦胧的,正是相对于概念意义而言。一首诗要么可能是朦胧的,要么可能是清晰的,其关键只在于诗性意义。……没有诗可能是完全朦胧的,因为没有诗能完全地摆脱概念的或逻辑的意义。……甚至在最朦胧的诗中,甚至当诗人完全回避智力的时候,概念的意义永远存在

---

① 谭献:《复堂词录序》,见施蛰存主编:《词籍序跋萃编》,中国社会科学出版社1994年版,第787页。
② Gadamer, Hans-Georg. *The Relevance of Beautiful and Other Essays*. Cambridge University Press, 1986, P.71.

在哪儿。""反过来,也没有诗能够绝对地清晰,因为,没有诗能够单单只从概念的或逻辑的意义中获得它的生命。……当我们谈到清晰的或朦胧的诗时,我们总是指在一定程度上。清晰的诗比较地清晰;而朦胧的诗则比较地朦胧。"①这一分析使我们更加清楚地看到"清晰"与"朦胧"、"可解"与"不可解"之间的辩证关系,诗性意义所具有的特征,正体现了文学这一审美含蓄意指系统内不同语义系统之间所存在的张力,所以,绝对的"清晰"与"朦胧"在文学文本中实际上都是不存在的。

布鲁克斯在《释义误说》中比较科学语言与诗歌语言语义差异时指出:"科学的术语是抽象的符号,它们不会在语境的压力下改变意义。它们是纯粹的(或者说渴望它们是纯粹的)语义;它们事先就被限定好的。它们不会被歪曲到新的语义之中。可是哪儿有能包含一首诗的用语的辞典呢?诗人被迫不断地再创造语言,这已是一句老生常谈。正如艾略特所说,他的任务就是'使语言脱臼进入意义'。而且从科学词汇的观点看,这正是诗人所起的作用:因为从推理上考虑,理想的语言应该是一词一义,并且词和义之间的关系也应该是稳定的。但诗人使用的词却必须包孕各种意义,不是不连续的意义碎片,而是有潜在意义能力的词,即意义的网络或意义的集束。"②的确,理想的科学语言是一种抽象的单义性语言,它要求语义固定,一词一义;而文学语言则是一种意象化的多义性语言,它所使用的语词"必须包孕各种意

---

① [法]雅克·马利坦:《艺术与诗中的创造性直觉》,刘有元等译,三联书店1991年版,第203、205页。

② [美]克利安思·布鲁克斯:《释义误说》,杜定宇译,见赵毅衡编选:《"新批评"文集》,百花文艺出版社2001年版,第227页。

二 直接意指与含蓄意指

义"具有"潜在意义能力",从而使语言在文学语境中派生出更多的潜在意义,以形成"意义的网络或意义的集束"。

但是,我们同时也必须强调,创作主体在使"使语言脱臼进入意义"的过程中所形成"意义的网络或意义的集束",应该是不同语义系统之间张力的产物,由此来看文学语言的多义性就不能把它简单地等同于直接意指之外的含蓄意指,它应是直接意指与含蓄意指、字面意义与潜在意义等各种意义的交叉汇合,在这一过程中,既体现了不同语义之间的张力,最终又形成各种意义的合力,只有这样,文学语言才能更好地服务于创作主体的表意需要,文学也才能"同时构建好几种意义系统"形成审美的含蓄意指系统。

三　符号形式与符号意义

（一）

韦勒克、沃伦在分析诗歌语言的多义性时指出："诗歌的意义与上下文是紧密相关的：一个字不仅具有字典上指出的含义，而且具有它的同义词和同音异义词的味道。词汇不仅本身有意义，而且会引发在声音上、感觉上或引申的意义上与其有关联的其他词汇的意义、甚至引发那些与它意义相反或者互相排斥的词汇的意义。"[①]这一论述提醒人们必须注意到文学语言能指形式层面的因素所具有的语义扩张功能。在能指形式层面上文学语言不同于非文学语言的特点就在于：它不仅传达着一般的语义信息，而且创造着审美的语义信息；不仅执行着语义传达的功能，同时还强化着自身的表现功能，并在这种表现中凸显自身的价值和意义。

从语言学的角度来看，任何语言都是一种抽象的符号系统，它的能指形式没有实际的语义价值，只起到代表固定的所指概念的作用，语言符号的全部意义就在于其所指方面，在于其指称事物、传递信息的内容方面。语言学家对语言的定义是："语言是人类特有的一种符

---

① ［美］雷·韦勒克、奥·沃伦：《文学理论》，刘象愚等译，三联书店1984年版，第188页。

三 符号形式与符号意义

号系统,当它作用于人与人的关系的时候,它是表达相互反应的中介;当它作用于人和客观世界的关系的时候,它是认知事物的工具;当它作用于文化的时候,它是文化信息的载体和容器。"①根据这一界定,语言只是媒介、载体和工具,它的意义只在于传达和认知某种先于、外在于语言的某个信息或某种存在,语言能指形式方面的因素已被忽略不记。相对于各种实用语言来说,这一观点是可以成立的,因为它所强调的是语言的实用价值和指称功能,体现了人类对于语言最为基本的看法和态度。

在中国,早在先秦时代,庄子就把语言看成是"荃蹄",明确地提出了得意忘言的主张:"荃者所以在鱼,得鱼而忘荃;蹄者所以在兔,得兔而忘蹄;言者所以在意,得意而忘言。"②在西方,情形也是如此,A.杰弗逊指出:"西方哲学——柏拉图是第一个典型的例子——一般是持这样一种假定的,即语言是从属于在它之外的观念、意图或所指的。这同索绪尔的语言的第一性的原则是相左的。索绪尔认为:意义非但不先于语言,而且是语言所产生的结果。然而,构成西方哲学思想的那些概念上的对立关系,如可感的与可理解的,形式与内容,全都不言而喻地设定了观念,以及任何种类的内容,独立于表述它们的媒介之外:'媒介'一词本身就包含了这样的意思,即语言是在这些概念的对立关系中给出的,它总是被定义为是从外部制约它的某种与之相分离的东西的载体或工具,因而具有第二性的地位。成为西方形而上学思想基础的所有这些对立关系中享有特权的是观念和内容,而处于从属

---

① 许国璋:《论语言和语言学》,商务印书馆1997年版,第1页。
② 《庄子》,陈鼓应解读,国家图书馆出版社2017年版,第382页。

地位的词是媒介、形式和载体。语言一向被看作是属于这些二等范畴的。"①这就是20世纪以来遭到普遍质疑的"语言工具论"。

毋庸置疑,任何语言都以语义为核心,文学以语言为材料自然也不例外。语言对于文学来说并非是"工具"或"第二性"的,因为文学就存在于语言之中,同时,文学文本的意义就存在于文学语言的符号形式之中。作为一种语言的艺术,文学语言不是停留在语言符号的日常用法上,它所传达的语义信息也不会仅仅停留在抽象的概念或语词的指称意义上,它是一种审美形式化了的语义信息,离开了语言的能指形式,文学文本的意义将不复存在;或者说,正是文学语言的能指形式使抽象的语言符号成为艺术符号并创造了文学文本的意义,所以,语言的符号形式对于文学来说从来都不是次要的,相反,它是构成文学的本质要素。杜夫海纳说:"文学作品的特点,也是它与报道、科学著作或哲学论文相对立的一点,就是文学作品的意义内在于作品的语言和形式结构之中。"②"形式与意义有什么关系呢?这种关系很容易确定:意义全部存在于形式之中"③。这就说明,文学文本的意义并不是先于或外在于文学语言符号形式的某种抽象的或既定的存在,它是内在于符号能指形式的审美语义,文学语言的能指形式既是生成文学审美语义的基础,同时也是文学文本区别于非文学文本的显著标志。卡

---

① [英]A. 杰弗逊、D. 罗比等著:《现代西方文学理论流派》,李广成译,北京大学出版社1992年版,第131—132页。
② [法]米盖尔·杜夫海纳:《美学与哲学》,孙非译,中国社会科学出版社1985年版,第164页。
③ [法]米盖尔·杜夫海纳:《美学与哲学》,孙非译,中国社会科学出版社1985年版,第124页。

三 符号形式与符号意义

西尔指出:"没有莎士比亚的语言,没有他的戏剧言词的力量,所有这一切就仍然是十分平淡的。一首诗的内容不可能与它的形式——韵文、音调、韵律——分离开来。这些形式成分并不是复写一个给予的直观的纯粹外在的或技巧的手段,而是艺术直观本身的基本组成部分。"①苏珊·朗格在分析语言符号与艺术符号表达意义的差别时也强调指出:"一个真正的符号,比如一个词,它仅仅是一个记号,在领会它的意义时,我们的兴趣就会超出这个词本身而指向它的概念。词本身仅仅是一个工具,它的意义存在于它自身之外的地方,一旦我们把握了它的内涵或识别出某种属于它的外延的东西,我们便不再需要这个词了。然而一件艺术品便不相同了,它并不把欣赏者带往超出了它自身之外的意义中去,如果它们表现的意味离开了表现这种意味的感性的或诗的形式,这种意味就无法被我们掌握。"②这就进一步说明了语言的能指形式对于文学语言和非文学语言的意义来说有着截然不同的作用。

正因为文学语言是一种艺术符号,所以在文学创作过程中,一般来说创作主体都非常重视语言的语音形式、结构形式、文体形式的安排和建构,重视意象的营造、修辞的运用以及语词的选择和组合等能指形式方面的因素。在文学这一特殊的语义系统内,语言的能指形式不仅直接传达着直接意指的语义信息,而且能指形式本身就具有含蓄意指的功能,从而创造出审美形式化了的语义信息。英加登在分析语

---

① [德]恩斯特·卡西尔:《人论》,甘阳译,上海译文出版社1985年版,第198页。
② [美]苏珊·朗格:《艺术问题》,滕守尧等译,中国社会科学出版社1983年版,第128页。

音形式时指出:"在文学作品中,语词不是孤立地出现;相反,它们结合在一定排列的形式中构成各个种类和等级的完整语言模式。在许多情况下,特别是在韵文中,安排语词首先考虑的不是它们构成的意义语境,而是它们的语音形式,以便从语音序列中产生出一个统一的模式,例如一行韵文或一个诗节。安排语词时对语音形式的考虑不仅带来这样一些现象,例如节奏、韵脚、诗行、句子以及一般谈话的各种'旋律',而且带来语音表达的直觉性质,例如'柔和'、'生硬'或'尖利'。通常即使在默读时我们也注意到这些语音学构成和现象;即使我们没有对它们特别留意,我们对它们的注意至少在大量文学的艺术作品的审美知觉中起着重要的作用。不仅它们本身构成作品的一个重要的审美因素;同时它们也常常成为揭示作品其他方面和性质的手段,例如,一种渗透了作品描绘的整个情境的基调。"①从这一段论述中可以清楚地得知,创作主体安排语词之所以往往首先考虑语音形式,原因就在于语音这一能指因素具有含蓄意指的审美语义功能。不妨以赵元任对唐代诗人岑参《白雪歌送武判官归京》一诗开头四句的分析为例,诗曰:"北风卷地白草折,胡天八月即飞雪。忽如一夜春风来,千树万树梨花开。"赵元任认为,这四句诗的韵律象征(symbolize)了某种言外之意。如果用保存了古音语调调类较为分明的吴语来读,头两句的"折"和"雪"是"迫促的入声",有一种闭塞、寂灭之感;后两句的"来"和"开"是"流畅的平声",给人以开放、浩荡之感,语音形式上由"迫促"到

---

① [波]罗曼·英加登:《对文学的艺术作品的认识》,陈燕谷等译,中国文联出版公司1988年版,第20—21页。

三 符号形式与符号意义

"流畅"的变化就很好地"暗示着从冰天雪地到春暖花开两个世界"①。

由此可见,文学语言的能指形式不仅传达着直接意指的语义,而且还创造着含蓄意指的审美语义,从而极大地丰富了人们对于语言的审美感知,收到了文学语言特有的美学效果。这就是文学语言的能指形式所具有的语义表现功能,它构成了文学这一审美含蓄意指系统中不可分离的一个重要组成部分。能指形式本身所具有的语义表现功能,就在所指层面的一般语义信息与能指层面的审美语义信息之间形成了语义的张力,这是文学语言的题中应有之义。

(二)

文学语言能指形式所具有的表现功能,使语言的能指形式在文学中获得了特殊的价值和地位,它在创造出审美语义的同时,也使自身得以浮现、得以凸显。这一现象早已引起了理论家们的关注。

瓦莱利在《诗与抽象思维》一文中分析诗的语言与实用语言的不同效果时指出:"语言可以产生两种很不相同的效果。其中一种效果倾向于完全否定语言本身。我向你讲话,如果你已经听懂了我的话,那么这些话就作废了。如果你已经听懂,这就是说,那些词语已经从你心中消失,而为它们的对应物——形象、关系、冲动——所代替;……换句话说,在实际或抽象使用语言时,形式——即有形的、具体的部分,即讲话这个行为——并未持续下去;理解之后它就不存在了;……但是在另一方面,这个具体形式由于它自己的效果,变得很重要,它独立起

---

① 赵元任:《谈谈汉语这个符号系统》,见吴宗济等编:《赵元任语言学论文集》,商务印书馆2002年版,第877页。

来,受到人们的重视;不仅受注意、受重视,而且受欢迎,因此被重复地讲;一旦这种情况发生时,一样新的东西产生了:我们不知不觉地被改变,准备按照一种不再属于实际范畴的规律和法则来生活、呼吸和思想——那就是说,在这种状况之下产生的东西不会被具体的行为所消除、结束和废弃。我们正在进入诗的世界。"①瓦莱利认为,诗的语言与实用语言的不同效果主要体现在能指形式上,实用语言是得意忘言、得意忘"形",而在诗的世界里,语言"不再属于实际范畴",不再是为了实际交流的需要,诗的能指形式由于自身所具有的特殊效果而受到人们的重视,能指形式在诗中具有突出而独立的地位。为了强调这一观点,他用"走路"和"跳舞"来喻指散文实用语言与诗的语言之间的区别,"走路,像散文一样,有一个明确的目的。这个行为的目标是我们所希望达到的某个地方。……而到达目的地后,这些动作都被废除了,仿佛被行为的完成所吸收了似的。""跳舞完全是另一回事。当然,跳舞是一套动作,但是这套动作本身就是目的。跳舞并不是要跳到哪里去。"②瓦莱利对于诗歌语言能指形式的这一看法,实际上就是后来俄国形式主义和布拉格学派所强调的诗歌语言的"自指性"。

雅克布逊认为:"诗歌的显著特征在于,语词是作为语词被感知的,而不是作为所指对象的代表或感情的发泄,词和词的排列、词的意

---

① [法]瓦莱利:《诗与抽象思维》,丰华瞻译,见伍蠡甫主编:《现代西方文论选》,上海译文出版社1983年版,第33—34页。
② [法]瓦莱利:《诗与抽象思维》,丰华瞻译,见伍蠡甫主编:《现代西方文论选》,上海译文出版社1983年版,第35—36页。

义、词的外部和内部形式具有自身的分量和价值。"①穆卡洛夫斯基的"突出"说强调的也是语言的"自指性",他说:"在诗的语言中,突出达到了极限的程度:它的使用本身就是目的,而把本来是文字表达的目标的交流挤到了背景上去。它不是用来为交流服务的,而是用来突出表达行为、语言行为本身。"②"自指性"对于文学语言能指形式的重视,的确有助于人们认清能指形式在文学语言和实用语言中的不同价值;但从文学的全部现实来看,文学语言根本不可能达到完全的、纯粹的"自指",因为语言是意义的携带者,从来都不是透明的,文学也不可能是一个能指的"空框",无论创作主体的意图如何,客观上都无法排除掉文学语言中的"他指性"成分和因素。"自指"与"他指"互为前提、相反相成,排除掉一个方面,另一方面也将难以存在。

所以,文学语言凸显能指形式并不以排除所指内容为代价,相反,能指形式之所以能够凸显,正是由于它创造了丰富的审美语义,创造了更多的言外之意,使人们从语言的能指形式中获得各种非文学语言所不具备的审美经验的直观,正是在这一意义上它才变得重要,受到重视,语言的能指形式也才具有了自我表现的功能,让人反复观照,耐心谛听,仔细咀嚼,从而使其凸显出自身的价值和地位。说到底,这是一种建立在"他指"基础上的"自指",它充分地显示了语言能指形式的自我表现功能,在这种情况下,从一个极端的意义上来看,它仿佛具有了某种独立的价值和地位。能指形式所具有的这一特征造成了能指

---

① 转引自[英]特伦斯·霍克斯:《结构主义和符号学》,瞿铁鹏译,上海译文出版社1987年版,第63页。
② [捷克]简·穆卡洛夫斯基:《标准语言与诗的语言》,邓鹏译,见伍蠡甫、胡经之主编《西方文艺理论名著选编》下卷,北京大学出版社1987年版,第419页。

形式与意义所指之间的张力,加达默尔指出:"一个文学文本要求以其语言的面目出现,不仅是为了执行其传达一个信息的功能。它不仅必须被读,它也必须被听,哪怕大多数情况下只是用我们内在的耳朵来听。因此,词在文学文本中首先获得其充分的自我在场。词不仅使所说的东西显现,它还使自身作为声音在其发射的现实中显现。……词在普通的话语中与在文学中的作用有一个很大的区别。一方面,作为话语的话语,我们的思想不断地向前寻找意义,因此当我们为了正在传达的意义听和读时,我们让词的显现消失;另一方面,文学文本中每一个词的自我显示在其洪亮的声调中有一个意义,声音的悦耳也被话语通过词用来强调说的话。在一部文学作品中,话语中内在的对意义的直接性同其外观特有的自我显现之间,产生了一种独特的张力。从属于句子中意义整体的话的每一部分、每一成员、每一单个的词也是一种意义的整体,只要通过它的意义所指的某种东西被唤起。只要词是从它自身的整体活动在流出,并且它的作用并不仅仅是将话语意义作为整体来传达的一种方法,在这个范围内词自身指称力量中的多重意义被允许展开。于是,我们指向词的含蓄意义,当文学文本中词显示其充分的意义时,含蓄意义也和这个词一道说话。"①加达默尔的这段论述,清楚地说明了文学语言能指形式的"自我显现"所具有的价值。在他看来,文学语言不仅执行着信息传达功能,同时还强调能指形式自身的"自我显现"功能,正是二者之间所存在的张力,使语词在文学中获得了"充分的自我在场";但是,语词的"自我显现"并非是为

---

① [德]加达默尔:《文本与解释》,刘乃银译,见严平编选:《加达默尔集》,上海远东出版社2003年版,第72—73页。

了"自指",而是为了"用来强调说的话",这样才能让语言中的每一部分、每一成员以及语词的多重意义得到充分的显示。显然,如果文学语言的能指形式只是为了"自指",那么语言在文学文本中就无法实现"充分的自我在场"。

姑以诗中的语词为例略加分析。宋人洪迈《容斋随笔》云:"王荆公绝句云:'京口瓜州一水间,钟山只隔数重山。春风又绿江南岸,明月何时照我还。'吴中士人家藏其草,初云:'又到江南岸',圈去'到'字,注曰:'不好,改为过',复圈去而改为'入',旋改为'满',凡如是十许字,始定为'绿'。""绿"字无疑是全诗的"诗眼",诗人之所以由"到""过""入""满"最后选定"绿",是因为前四个字只是在抽象的意义上使用语词,它们所传达的只是一种抽象的语义信息;而"绿"则给人以具体的视觉感受,它所创造的是一种审美的语义信息,一方面它既恰当地表现了诗人泊船瓜州远望江南的眼前实景,另一方面它又调动起了人们的审美经验,使读者不禁联想到江南迷人的春色,芳草萋萋,绿树遍野,恍生如沐春风之感。此外,从含蓄意指的层面上来看,"绿"字还暗含了"又是一年春草绿"的潜在语义,流露出诗人面对时光流转所生发的惆怅而又无奈的心情和意绪。可见,诗人之所以选择"绿"就是因为它不仅具有传达信息的功能,更为重要的是,它还具有前四个字所不具备的审美表现功能,正是在这一表现过程中,"绿"也达到了"其外观特有的自我显现",并使这一语词获得了"充分的自我在场"。

---

① 洪迈:《容斋随笔·叙笔》卷八,鲁同群等校注,中国世界语出版社 1995 年版,第 203—204 页。

(三)

　　从文学语言的能指形式与意义所指的上述关系中,我们不难看到能指形式在文学语言中所具有的价值和地位。文学要使语言获得"充分的自我在场",离不开对于语言能指形式的塑造,惟其如此,重视能指,强化能指,突出能指,就成了文学语言区别于非文学语言的一个显著的标志。那么,文学语言对于能指形式的重视究竟体现在什么方面?这就是强化和突出能指形式本身所具有的感性的、直觉的因素及其特征。

　　杜夫海纳在分析语言与意义的关系时指出:"文学作品有一种意义,这一点很明显,因为语言就是意义的携带者。但是,语言是如何成为携带者的呢?在这里,必须分清语言的两种形式和两种用途:散文和诗歌。在散文语言的日常使用中,思想似乎走在话语的前面;语言被看作一种非常顺手而又有效的工具,以至在人们的使用中消失了。人们说话或听话时,谁也不去想字典或语法,他们通过词径直走向观念,词对他们来说只是一种不引人注目的、明显的、没有实质的存在。但是,如果他们读诗,或者确切地说,是用对诗应有的恭敬去朗诵诗,词对于他们便立刻有了实质和光辉。就这样,词因为自身或者因为给予朗诵者的快乐而受到欣赏。词又还给了自然,带有感性性质,又得到了自然存在的自发性。词摆脱了常用规则,互相结合起来,组成了最意想不到的形式。同时,意义也变了,它不再是通过词让人理解的东西,而是在词上形成的东西,就像在刚刚触过的水面上所形成的波纹一样。这是一种不确定的而又急迫的意义。人们不能掌握它,但可

三 符号形式与符号意义

以感受到它的丰富性。它与其说引人思考,不如说让人感觉。这一意义包含在词中,就象本质包含在现象中一样。"①杜夫海纳认为,在日常语言、实用语言中词只是一个"没有实质"的符号形式,意义存在于词之外,人们总是越过词的能指形式径直走向观念,直奔意义所指;而在文学中,词的符号形式不仅具有实质,而且散发光辉,它是一种具有"感性性质"的存在,因为意义就在词的符号形式之中,或者说,意义是在符号形式上感性地浮现出来的,所以,它不像日常语言、实用语言那样仅仅诉诸人们的理解和思考,而是诉诸人们的感觉或直觉,这样人们才能感受到意义的存在及其所具有的全部丰富性。应该看到,这一论述既强调意义在文学语言与非文学语言中的不同存在方式,同时也指出了文学语言所表现的意义由于是符号形式感性地生成的,所以它不像日常语言、实用语言中的意义那样,是一种固定的、单一的所指,文学的符号形式所浮现出的意义是丰富的、不确定的,仅凭理解是不够的,它需要人们调动起全部丰富的感觉经验方能获得。对此,劳·坡林曾强调指出:"诗是一种多度语言。我们用以传达消息的普通语言是一度语言。这种语言只诉诸听者的理智,这一度是理解度。诗歌作为传达经验的语言说,至少有四度。它为了传达经验,必须诉诸全人,不能只诉诸他的理解部分。诗不只涉及人的理解,还涉及他的感官、感情与想象。诗在理解度之外,还有感官度、感情度、想象度。"②在劳·坡林所说的"四度语言"中,除了"理解度"外,其他三度都是强调

---

① [法]米盖尔·杜夫海纳:《美学与哲学》,孙非译,中国社会科学出版社1985年版,第163页。
② [美]劳·坡林:《怎样欣赏英美诗歌》,殷宝书编译,北京出版社1985年版,第9—10页。

文学语言符号感性的、直觉的因素。其实,明人谢榛在《四溟诗话》中早就意识到了这一点,他提出诗歌语言要有"四好":"凡作近体,诵要好,听要好,观要好,讲要好。诵之行云流水,听之金声玉振,观之明霞散绮,讲之独茧抽丝。"①前"三好"强调的即是语言能指形式所具有的感性的、直觉的因素及其特征。

　　强调文学语言能指形式感性的、直觉的特征,归根到底源于语言艺术自身的需要,源于艺术的质的规定性。它是人们对文学进行审美观照的基础。卡西尔认为,一个真正的艺术往往生活于直觉、形式符号的领域,它既非空洞的形式,但也绝非抽象的符号,"凡伟大的艺术品都给我们对自然和生活的新探讨和新解释。而且这种解释只有按照直觉,而非概念,按照形式,而非抽象符号才可能。""抒情诗中给我们印象最深的不仅是意思、词汇的抽象意义,而是音响、色彩、旋律、和谐;是语言的协调一致。""诗的语言包含着最强烈的情感因素和直觉因素。语言的形式符号不仅是语意的同时还是审美的形式符号。"②文学是语言的艺术,是一种审美的形式符号和审美的语义符号,强化并突出其能指形式感性的、直觉的特征,是文学语言区别于非文学语言的至关重要的方面,同时也是文学语言形成审美语义的关键所在。正因为如此,在文学创作的过程中,创作主体常常在语言能指形式的塑造上殚精竭虑,惨淡经营,以求得最佳的审美表现效果;也正因为如此,语言才能在文学中发挥出它的全部潜能,使之获得"充分的自我在

---

　　① 谢榛:《四溟诗话》卷一,见丁福保辑:《历代诗话续编》下册,中华书局1983年版,第1138—1139页。
　　② [德]恩斯特·卡西尔:《语言与神话》,于晓等译,三联书店1988年版,第138、139、169页。

三 符号形式与符号意义

场"。巴赫金说:"诗歌在技术上运用语言学的语言,采用的却是完全特殊的方法:诗歌所需要的语言,是全面的,包括其全部因素的运用;对语言学含义上的词语所具有的任何细微色彩,诗歌都不是无动于衷的。""除了诗歌之外,没有一个文化领域需要整个的语言:认识活动完全不需要词语语音在质和量上的复杂特征,不需要形形色色的语调,不需要感受发音器官的动作等等。其他文化创作领域的情形亦是如此:它们都不能没有语言,但只取用其中的一小部分。"①文学语言的确是对语言"全部因素的运用",尤其是它对于语言的语音、语调、语形、语势、语感等能指形式的重视,是各种非文学语言所无可比拟的。所以巴赫金强调:"语言进入文学运用的领域。这个领域和语言在这一领域的生活,原则上不同于任何其他言语生活领域(如科技、日常生活、公务等等)。这个领域的基本的和原则性的特点何在呢?语言在这里不仅仅是为一定的对象和目的所限定的交际和表达的手段,它自身还是描写的对象和客体。"②语言在文学中成为"描写的对象和客体",并不意味着语言的"自指"和"不及物",而是强调文学语言在传达和表现语义时对于语言能指形式的塑造,强调文学语言的能指形式在审美创造过程中所形成的语言形象,强调文学语言的能指形式如何更好地创造出审美语义并在这种创造中达到自我显示。只有当创作主体把文学语言作为"描写的对象和客体"加以对待时,语言能指形式感性的、直觉的审美特征才能得到强化和突出,语言符号的形式和意义

---

① [俄]M.巴赫金:《文学作品的内容、材料与形式问题》,晓河译,见钱中文主编:《巴赫金全集》第一卷,河北教育出版社1998年版,第346页。
② [俄]M·巴赫金:《文学作品中的语言》,潘月琴译,见钱中文主编:《巴赫金全集》第四卷,河北教育出版社1998年版,第276页。

也才能是文学的、审美的,换言之,语言符号也才能成为审美的艺术符号。

英加登指出:"审美相关性质可以在科学著作的各个层次中存在,并且甚至可以构成一种特殊的审美价值。但是它们根本没有必要在这种著作中出现,如果出现的话,它们也只是一种可以省去的奢侈。有时候它们甚至妨碍作品发挥其真正的功能,它们使读者接近那个超越的实在,使得对作品的认识理解更为困难。另一方面,在文学的艺术作品中这些性质不仅构成一个本质的要素,而且事实上是艺术作品达到审美具体化的最重要的要素。"[①]文学语言能指形式所具有的感性的、直觉的审美特征无疑是构成文学审美价值的一个本质要素,同时,它所具有的语义功能和表现功能也是形成文学语言张力的一个重要的来源。

---

① [波]罗曼·英加登:《对文学的艺术作品的认识》,陈燕谷等译,中国文联出版公司1988年版,第159页。

余 论

萨丕尔论语言与文学的关系时指出:"对我们来说,语言不只是思想交流的系统而已。它是一件看不见的外衣,披挂在我们的精神上,预先决定了精神的一切符号表达形式。当这种表达非常有意思的时候,我们就管它叫文学。艺术的表达是非常有个性的,所以我们不愿意感觉到它受制于任何预先确定的形式。个人表达的可能性是无限的,语言尤其是最容易流动的媒介。然而这种自由一定有所限制,媒介一定会给它些阻力。伟大的艺术给人以绝对自由的幻觉。……艺术家如何最充分地运用形式,物质本身最多能提供什么,这二者之间好像还有无限的周转余地。"①的确,再伟大的艺术也不可能是绝对自由的,它所使用的材料一定会给它造成不同程度上的阻力和限制。文学是语言的艺术,尽管语言是"最容易流动的媒介",但它也是一种最为普通的交流媒介,同时它还是一种体制化的、决定并制约着人们精神表达的符号形式。语言对于人们言语行为的限制是显而易见的,虽然它蕴涵着个人表达的各种可能性,所以,要把语言表达得"非常有意思"确非易事。当创作主体在语词的"密林"中穿行时,"林中路"布满了荆棘和障碍,处处都可以感到来自语言的阻力和羁绊。从这一意义

---

① [美]爱德华·萨丕尔:《语言论》,陆卓元译,商务印书馆1985年版,第198页。

上来看，文学创作的过程就是创作主体与语言周旋的过程，是创作主体在语词中的历险。材料的阻力和限制对于每一门艺术来说都是一种常态，但对艺术创作来说它又是必需的。自由来自阻碍，来自对限制的克服和超越。这一过程是一个充满着张力的动态平衡的过程。对于文学创作来说，当创作主体运用各种表现手法和艺术技巧克服语言的阻力和障碍，力图将语言"表达非常有意思的时候"，张力也就产生了。这就意味着，创作本身就是一个张力运动的过程，同时，文学文本就是一个集中了各种张力因素和成分的语言张力场。

本课题对于文学语言张力的分析，侧重于语言文本所呈现出的张力形态及其原理机制，所论只是其荦荦大端者。事实上，文学张力不仅存在于文本之中，同时，它还存在于文本之外与之相关联的诸多因素及其互动之中，存在于文学的整个流程之中。仅就文学文本而言，梵·奥康纳（William Van Óconnor）早在1943年就曾指出文学文本中张力存在的普遍性，他认为张力存在于"诗歌节奏与散文节奏之间；节奏格律的形式性与非形式性之间；个别与一般之间；具体与抽象之间；比喻哪怕最简单比喻的两方之间；反讽的两个组成部分之间；散文风格与诗歌风格之间。"[①]显然，奥康纳的看法是对退特张力概念的引申和扩大，它对于人们全面地看待文本形式中存在的各种张力因素及其辩证关系不无启发。

那么，文学怎么才能做到"最充分地运用形式"将语言表达得"非常有意思"呢？本书"下篇"的论述已作了基本的理论说明，这就是充

[①] 转引自赵毅衡编选：《"新批评"文集》"引言"，百花文艺出版社2001年版，第54页。

分地运用语言的张力,但对形成语言张力的一些具体问题的分析,仍有意犹未尽之感,在此作两点补充论述。

首先是奥康纳所提及的"反讽"。

"反讽"(irony)在西方是一个古老的修辞手法,源于希腊文"eirônia",在现代西方文学理论中,它既被看作是一种语言表达的技巧,同时更被看作是文学的创作原则或文学作品的结构原则,构成了文学语言张力的一个特殊的形态。瑞恰慈认为,优秀的诗歌必须经得起"反讽性观照",它是诗歌的必要条件,即"通常互相干扰、冲突、排斥、互相抵消的方面在诗人手中结合成一种稳定的平衡状态"①。对"反讽"论述最为有力的是布鲁克斯,他把"反讽"与"悖论"(paradox)相提并论,认为"悖论"的作用就是"反讽",它们表示了不调和的事物,是诗歌语言区别于科学语言的本质特征。在他看来,"诗的语言就是悖论语言"。他指出:"悖论正合诗歌的用途,并且是诗歌不可避免的语言。科学家的真理要求其语言清除悖论的一切痕迹;很明显,诗人要表达的真理只能用悖论语言。"这样,通过"悖论",诗歌语言还获得了感性与理性之间的张力。因此,他强调:"在这种语言中,内涵与外延起着同样重要的作用。我并不是说内涵之重要性在于提供一种花边装饰,外加于诗的题材之上。我是指诗人根本不使用标记语(notation)——应当说科学家才这样做。诗人,在他有限范围之内不得不一面写一面创造自己的语言。""甚至风格最明显、简朴的诗人也比我们设想的更经常地被迫使用悖论,只要我们

---

① 转引自赵毅衡编选:《"新批评"文集》"引言",百花文艺出版社2001年版,第44页。

对他们使用的技巧足够敏感就能发现。"①对于"反讽",布鲁克斯把它看成是诗歌的一种结构原则,他说:"语境对于一个陈述语的明显的歪曲,我们称之为反讽。"他认为,科学语言"陈述语的意义是不受任何语境影响的;要是它们是真实的,它们在任何可能有的语境中也同样是真实的。这些陈述语有适当程度的抽象性,它们的词语也是纯粹表意的"。"但在诗中内涵是重要的……诗篇中的任何'陈述语'都得承担语境的压力,它的意义都得受语境的修饰。"②对于"反讽"的普遍性,他强调指出:"反讽是我们用来表示承认不调和的事物时最普通的用语,而不调和的事物也是遍及一切诗歌的,其程度远远超出迄今为止我们传统的评论所乐意允许的范围。"③"反讽作为对于语境压力的承认,存在于任何时期的诗、甚至简单的抒情诗里。但在我们时代的诗里,这种压力显得特别突出。大量的现代诗确实运用反讽当做特殊的、也许是典型的策略。"④从文学语言层面上来看,"悖论"与"反讽"本质上是相同、相通的,二者在语词与语词之间、语符能指与创作主体真实意指之间都存在着矛盾,在语义表达上都是所言非所是,言在此而意在彼;但在表现形态上,二者又存在着一定的区别,"悖论"的矛盾性是在语言的能指层面上,通过语词线性的排列组合而形

---

① [美]克利安思·布鲁克斯:《悖论语言》,赵毅衡译,见赵毅衡编选:《"新批评"文集》,百花文艺出版社2001年版,第354—355、360、361页。
② [美]克利安思·布鲁克斯:《反讽——一种结构原则》,袁可嘉译,见赵毅衡编选:《"新批评"文集》,百花文艺出版社2001年版,第379、380—381页。
③ [美]克利安思·布鲁克斯:《释义误说》,杜定宇译,见赵毅衡编选:《"新批评"文集》,百花文艺出版社2001年版,第227页。
④ [美]克利安思·布鲁克斯:《反讽——一种结构原则》,袁可嘉译,见赵毅衡编选:《"新批评"文集》,百花文艺出版社2001年版,第390页。

成的前后语义的自相矛盾,而"反讽"则是借助文本结构语境的压力,造成语言的能指层面与主体意指之间的冲突,从而显示出创作主体的真实意指。

作为文学语言张力典型的表现形态,"悖论"与"反讽"是造成文本语义扩张的行之有效的方法和途径,它们都能将语言表达得"非常有意思",这"意思"就存在于矛盾双方所形成的张力之中。如"悖论语言"最广为人知的就是狄更斯《双城记》开篇的一段话:

> 那是最好的时代,那是最坏的时代;那是智慧的年月,那是愚蠢的年月;那是信仰的时期,那是怀疑的时期;那是光明的季节,那是黑暗的季节;那是希望的春天,那是绝望的冬天;我们拥有一切,我们一无所有;我们都直奔天堂,我们都直下地狱……。①

再如赫尔穆特·海森毕特尔的《那又怎么样》一诗,这是一首非常典型的"悖论"兼"反讽"的名作:

> 正派人证明是腐败的
> 老实人证明是告密者
> 活力证明是萎软
> 贞节证明是纵欲
> 清醒者证明有癖好

---

① [英]狄更斯:《双城记》,曾克明译,海南国际新闻出版中心1997年版,第3页。

负责者证明不负责任

大度证明是小气

纪律证明是混乱

爱真话证明是好撒谎

无畏证明是残酷

肯定生命的人证明是不敢露面的浪子

腐败的人是唯一的正派人

唯有告密者是老实人

唯有萎软有活力

纵欲是贞节的唯一方式

唯有癖好是清醒的

不负责任的人是唯一的负责者

小气是唯一的大度

只有混乱守纪律

谎话是唯一的真话

只有懦怯是无畏的

只有残酷的人是正直的

不敢露面的浪子是肯定生命的唯一者

谁正派谁就腐败

谁装老实人谁就告密

谁想显得有活力谁就顾虑萎软

余 论

谁想显得贞节谁就在纵欲
谁清醒谁就有癖好
谁愿负责谁就不负责任
谁想显得大度谁就小气
谁守纪律谁就混乱
谁讲真话谁就撒谎
谁无畏谁就是懦夫
谁愿正直谁就残酷
谁肯定生命谁就是不敢露面的浪子

正派得腐败或者腐败得正派
老实的告密或者爱告密的老实
有活力的萎软或者萎软的活力
纵欲的贞节或者贞节的纵欲
因清醒而有癖好或者近乎癖好的清醒
有责任感的不负责任或者不负责任的责任感
大度的小气或者是小气的大度
守纪律的混乱或者混乱的纪律
真实的谎话或者撒谎的真实
无畏的懦怯或者懦怯的无畏
正直的残酷或者残酷的正直
不敢露面的肯定生命或者肯定生命到不顾露面

So what①

此诗除最后一句外,通篇运用的都是"悖论语言",诗中的陈述是自相矛盾的,正派与腐败、老实与告密、活力与萎软等都被置于同一个平面,在这里,正即是反,反即是正,是非、善恶、真假、美丑等混淆莫辨。"悖论语言"使语言的能指与所指的固定关系发生破裂,它打破了语言正常的组合关系,加剧了意义所指之间的冲突,它所形成的张力揭示了事物矛盾的、不调和的状态,末句"So what"的喟叹在全诗语境的压力下,显示出诗人的真实意指,貌似是对这一现状的无奈,实则是对这一现状的否定,是对这一现状所发出的深沉的抗议。这一句对前四节同时就构成了语境上的"反讽",可见,"悖论语言"的确可以起到了明显的"反讽"作用。

其次是文学语言的"互文性"。

"互文性"(intertextuality)也是形成语言张力不可忽视的一条途径。文学语言的"互文性"体现在文学文本与其他语言文本的关联以及相互作用之中。它是文学语言产生语义张力的一个重要方面。晚近西方文本理论强调,文本是一种意义活动,是一种意义生产的过程,文本中的语言及其意义总是与各种先在的或共时的语言文本存在着联系,朱莉娅·克里斯特瓦认为:"任何文本都位于若干文本的交汇点,它是这些文本的阐释、集中、浓缩、转移和深化。"②罗兰·巴尔特进

---

① [德]赫尔穆特·海森毕特尔:《那又怎么样》,绿原译,见陈超:《当代外国诗歌佳作导读》上册,河北教育出版社 2002 年版,第 335—336 页。
② 转引自[法]让-伊夫·塔迪埃:《20世纪的文学批评》,史忠义译,百花文艺出版社 1998 年版,第 247 页。

余 论

一步指出:"文本重新分布语言(它是这种重新分布的场)。这种消解与重建的渠道之一就是将文本进行互相对换,将在有关文本周围,因而说到底在其内部曾经存在过的或者仍然存在着的文本片段进行互相对换。任何文本都是一种互文。在一个文本之中,不同程度地、以各种多少能够辨认的形式存在着其他的文本;譬如,先时文化的文本和周围文化的文本。任何文本都是过去的引文的重新组织。进入文本并在其中得到重新分布的有法典段落、惯用语、韵律模式以及社会言语拾碎等等。因为文本之前与周围永远有言语存在。"①从上述泛义文本的观念来看,任何文本的确都是一种互文,其中既有显示出其他文本"在场"的"能够辨认的形式";同时,在一个文本背后又有可能存在着无数"不在场"的潜在的文本。这就说明,任何文本及其语言都不是一个独立自主的存在,任何话语也不可能是言说者独创的私人语言,当它在与其他文本或话语发生共时或历时的互文关系时,才能在"对换"和对比中显示出自身的价值和意义。

对于文学文本及其语言构成来说,互文既可以存在于一个文本的上下文之中,如文学文本中常见的引用、隐括、使事用典等;同时,它也存在于不同文本语言及其潜在语义的关联与相互作用之中,正是在其他文本语言的对比、对换和衬托下,"互文性"文本起到了增强语言"内涵浓度"的语义效果,文本语言由此获得了语义的张力。惟其如此,在文学创作中,创作主体常常把它作为一种表意策略进行运用,以追求富有张力性的表达效果。如在我国当代作家王蒙、王朔等人的小说

---

① [法]罗兰·巴尔特:《文本理论》,张寅德译,见《上海文论》1987年第5期,第93页。

中,"互文性"的描写比比皆是,请看王蒙《蹉跎的季节》中的一段描写:

> ……一面吃午饭,一面听广播,毛主席又发表了一系列诗作:"四海翻腾云水怒,五洲震荡风雷激","冷眼向洋看世界,热风吹雨洒江天","为有牺牲多壮志,敢教日月换新天","中华儿女多奇志,不爱红装爱武装",真棒啊,全是烈火熊熊,战鼓咚咚,大江澎湃,翻江倒海!钱文(小说中的主人公,诗人,引者注)何物,也敢在毛泽东时代班门弄斧!
>
> ……
>
> 换一个台。社论、新闻、编辑部文章,正在批国内外阶级敌人的狰狞面目,猖狂反扑,丧心病狂,倒行逆施,正在歌颂三面红旗的浩然正气,光明美妙,不可阻挡,势如破竹。广播员的声调铿锵,节奏分明,令人闻之起舞!
>
> 再换一个台。人民公社就是好,锵锵喊锵喊;毛主席来到咱们农庄,昂吭昂吭昂;山连着山,海连着海;东方吹,战鼓擂,现在世界上究竟谁怕谁?不是人民怕美帝,而是美帝怕人民!呼儿咳哟,他是人民的大救星!
>
> 再换一个台。京剧《杨门女将》,"我不挂帅谁挂帅,我不领兵谁领兵!"再换一个台。山东快书,"指导员的一番话,说得小王乐哈哈,小王说,我这个假不请了,支援世界革命要紧呀!"①

在这一段描写中,不同的文本以"能够辨认的形式"争相出场,无论是

---

① 王蒙:《蹉跎的季节》,人民文学出版社1997年版,第314—315页。

余　论

诗歌、社论、新闻、编辑部文章,还是歌曲、京剧、快书,当它们出现在小说文本中与小说文本构成互文关系时,其语义已发生裂变;作家在小说中对它们加以引用,进行重新组织,这一过程就是对这些文本进行消解和重建的过程。正是在这一过程中,小说的深层语义所表现出的作家的真实意图,就与上述引文形成了对比和冲突,在这种对比和冲突的互文关系中,文本语言也就获得了语义上的张力;同时,互文所具有的在消解中重建、在重建中消解的作用,也使小说文本获得了自身的价值和意义。换一个角度来看,如果我们把时代、社会以及文化背景当作一个大文本的话,那么,在上述引文背后还有一个与之关联的更大的文本,它们以"不在场"的形式与小说中的描写形成了"互文见义"的关系,所以,巴尔特强调,"互文的概念是给文本理论带来社会性内容的东西"①,说到底,任何文本和话语形式最终都无法摆脱与一定的社会、历史和文化的必然联系,从而获得自为的存在。

最后,需要指出的是,文学语言的张力的问题涉及语言与文学的众多因素及其辩证关系,笔者对这一问题的分析只是一项基础性的工作,对于其理论脉络所作的梳理,也仅是一个初步的尝试,这就意味着,还有许多与此相关的因素和可能存在的问题本书未涉及,还有待于进一步的探索和思考。

---

① [法]罗兰·巴尔特:《文本理论》,张寅德译,见《上海文论》,1987年第5期,第94页。

附录一
艺术符号：抽象与形式

在西方20世纪的社会科学研究中，符号学在分析哲学、语言学和现代自然科学的影响下应运而生，"对当代的逻辑学、语义学、心理学、宗教和礼仪、视觉艺术、文学、音乐和伦理学都产生了重要的影响"（托马斯·门罗语）[①]。把符号学的一般原理运用到美学和艺术研究中就相应产生了符号论美学。在西方形形色色的美学派别之中，"卡西尔—朗格"符号论美学无疑是本世纪最为引人瞩目的美学派别。

本世纪西方众多美学派别的美学和艺术研究有一个共同关注的焦点，这就是"形式"。"卡西尔—朗格"符号论美学同样是把艺术作为形式进行研究的，对于形式的发现和创造是他们研究美与艺术问题的核心。卡西尔指出："如果艺术是享用的话，它不是对事物的享用，而是对形式的享受。喜爱形式是完全不同于喜爱事物或感性印象的。形式不可能只是被印到我们的心灵上，我们必须创造它们才能感受它们的美。""在艺术中我们生活在纯粹形式的王国中而不是生活在对感

---

① ［美］托马斯·门罗：《走向科学的美学》，石天曙等译，中国文艺联合出版公司1984年版，第200页。

性对象的分析或对它们的效果进行研究的王国中。"①朗格进一步以"形式"来规范艺术的特性,她说:"我曾经大胆地为艺术下了如下定义,这就是:一切艺术都是创造出来表现人类情感的知觉形式。"又说:"在我看来,所谓艺术,就是'创造出来的表现性形式',或'表现人类情感的外观形式'。"②从卡西尔和朗格对艺术符号的本质特征的界定中,我们可以看到"形式"在其符号美学中的核心地位,这是他们研究美和艺术的起点。这一点尤其表现在朗格对艺术问题的研究中。也正是在这一点上,朗格的符号美学研究深入艺术本体内部,从而把符号美学向前推进了一步。综观朗格的符号美学研究,有一个极为重要的概念——艺术抽象,它几乎贯穿于朗格全部艺术问题的研究之中,其对艺术抽象问题的论述,同时给艺术问题的研究提供了方法论上的启示。

(一)

朗格在《情感与形式》一书中把符号定义为"我们能够用以进行抽象的某种方法"③。朗格认为,艺术是人类情感符号的创造。一件成功的艺术品就是一个艺术符号,而艺术符号则是艺术抽象的产物。

朗格说:"艺术所要达到的目的是对情感生活之本质的洞察和理

---

① [德]恩斯特·卡西尔:《语言与神话》,于晓等译,三联书店1988年版,第203、183页。
② [美]苏珊·朗格:《艺术问题》,滕守尧等译,中国社会科学出版社1983年版,第75、105页,以下未注出处者均见此书。
③ [美]苏珊·朗格:《情感与形式》,刘大基等译,中国社会科学出版社1986年版,第5页。

解,而一切理解又需要抽象……因此,这种理解就不得不借助于符号去进行,离开了符号,就无法达到对情感生活的理解,反过来,假如不进行抽象,也就无法得到表现情感生活的符号。"正是在这个意义上,朗格断言:"一切真正的艺术都是抽象的。"所谓"抽象",在朗格看来,"不管是在艺术中,还是在逻辑中(逻辑把科学抽象发展到了高峰),'抽象'都是对某种结构关系或形式的认识,而不是对那些包含着形式或结构关系的个别事物(事件、事实、形象)的认识。"依照朗格的观点,每一种形式都存在着某种"结构关系",这种结构关系使各种形式的抽象成为可能,符号就是在对这种关系的抽象中建立起来的。一个符号之所以能指称一定的事物,主要就在于这一符号与指称的事物具有"形式的相似或逻辑结构的一致","符号与其象征事物之间必须具有某种共同的逻辑形式"。① 符号正是通过"形式"这一中介达到对事物"逻辑结构"的抽象,从而揭示出事物"结构关系"的关系模式。把握了事物"结构关系"的关系模式(逻辑结构)也就达到了对形式的抽象。

　　如何理解"艺术形式"呢?朗格认为,艺术形式不是通常宽泛意义上所说的事物的"形状",也不是指艺术的体裁和样式,而是指"那种更广义的形式","亦即最抽象的形式"。"这种最抽象的形式是指某种结构、关系或是通过互相依存的因素形成的整体。更准确地说,它是指形成整体的某种排列方式。"从朗格对艺术形式的界定中,可以看到,她所强调的是艺术作为形式的"逻辑结构",亦即艺术形式的符号性质,它是一种"逻辑形式"。这样艺术才能指称与之具有相同"逻辑结

---

① [美]苏珊·朗格:《情感与形式》,刘大基等译,中国社会科学出版社1986年版,第36—37页。

附录一 艺术符号:抽象与形式

构"的事物。然而艺术形式又如何区别于科学和哲学中所通用的那种极其专门的形式含义呢？艺术符号又如何与语言、神话、宗教、科学、历史等人类文化符号相区分呢？朗格指出,这就是"表现性"。"表现性"是所有艺术的共同特征,是区分艺术与非艺术的标志,艺术在本质上是表现情感的形式,它创造的是人类情感的符号,所以朗格称艺术形式是"表现性形式"。她强调指出:"这种抽象的形式,有时又被称为'逻辑形式',这种形式与'表现'这一概念是紧密地联系在一起的,最起码也与艺术中所特有的那种'表现'概念密不可分。"由此我们看到,艺术符号其"逻辑形式"与"表现性"是一体的。这样,"表现性"就成了艺术形式的灵魂。"一件艺术品就是一件表现性形式,这种创造出来的形式是供我们的感官去知觉或想象的,而它所表现的东西就是人类的情感。"从朗格对艺术符号的表现性形式的论述中,我们不难看到,她抛弃了索绪尔语言符号学中"能指"与"所指"的划分,而更多受到了克莱夫·贝尔"有意味的形式"的影响,只不过贝尔的"意味"是难以说清的,朗格的"意味"指的是人类的情感。朗格强调艺术是表现性形式,说到底就是为了强调艺术符号与人类情感具有相同或相似的结构形态,亦即"逻辑形式"上的相似或同构,艺术符号就是情感的逻辑形式。艺术符号的创造就是要抽象出人类情感的逻辑形式。

在朗格看来,"抽象能力,是人类具有的一种最为基本的特征。"人类对形式要素的抽象是一种自然的,甚至是一种压抑不住的人类本能活动,它渗透在一切思维和想象活动之中,但是真正的抽象是人类在较晚时期才取得的,是在艺术和科学的反思中产生的。"一旦我们取得了能够从具体事物中得到其抽象形式或结构的能力,我们就会发现,不管是艺术还是科学,它们所致力的活动永远都是一种极力揭示出抽象成分的活动,它们所要达到的目的也是相似的——这就是创造出越来越有效的符号。"虽然艺术和科学这两类符号活动具有共同的抽象基质,然而艺术抽象毕竟不同于科学抽象,它们具有各自不同的特征。

  过去我们一直强调艺术思维是形象的,科学思维是抽象的。朗格认为,既然这两种思维的目的都是创造符号,其活动都只能是抽象。这两种抽象活动的不同是指"艺术中认识方法(对形式或关系结构的认识)和科学认识方法的不同。"科学抽象方法是归纳概括,通常是从众多的事物中或具体的经验中获取抽象的概念或系统的关系模式,然后通过概括化的过程去代表它所属的那一类全体事物,从而使概括的面越来越宽。而艺术抽象的过程却不同,它不必借助归纳概括,因为艺术抽象不是要把握一般事物理性概念和推断形式,它要把握的是"那种能够表现动态的主观经验、生命的模式、感知、情绪、情感的复杂形式,这样的形式不能通过逻辑中使用的渐进式概括手法得到"。它们看起来都是直觉的、感性的、具体的,所以艺术抽象是对某种特殊事物加以抽象地处理,使它以某种具体的形式呈现出来。科学抽象得到的是抽象的概念和推理形式,而艺术抽象得到的仍然是具体的事物和具体形式,但这个事物已包含了比抽象之前多得多的丰富内容,具有普遍的意义。科学抽象必须舍弃具体感性的材料,而艺术抽象则必须以具体感性材料为媒介,在抽象过程中始终伴随具体感性的材料,艺术抽象过程中,如果离开声音、色彩、线条、胶土、石块、意象等,艺术抽象就无以创造符号,所以在朗格看来,一件艺术品就是从作为媒介的具体材料中抽象出来的"有意味的形式"。"如果一个艺术家要将'有意味的形式'抽象出来,他就必须从一个具体的形体去抽象,而这个具体的形体也就会进而变成这种'意味'的主要符号,这样一来,他就必须运用强有力的手段去加强去突出这个表现性形式(使得作品成为符号的形式)。"艺术抽象对具体感性材料的抽象过程,就是感性材料重新构形的过程。在这个过程中,既要抽象出具体事物的"逻辑形式",使其包含更多的"意味",同时又要加强和突出艺术形式,使其得到高度的自我完满。如此,艺术抽象就是对艺术形式的抽象,它是具象与抽象、个别与普遍的合一,更准确地说,它是从具象和个别中抽象出情感的逻辑形式。所以"在艺术抽象中,通常所要作的第一件事就是设法使得将要加以抽象处理的事物的外观表象突出出来。要想做到这一点,就要设法使这些被处理的事物看上去虚幻,使它具有艺术品所应具有的一切非现实成分。"突出事物的"外观表象"也就是突出"表现性形式",只有排除、隐遁物理世界中事物的实在性,使它看上去是虚幻的,这样"外观表象"才能得到加强和突出,才能使人们视觉、听觉和构造性想象(如文学)在任何时候都不用分析便可直接把握艺术的整体式样,直接把握情感的逻辑形式。正如朗格所言:"逻辑形式往往又是一种看不见的概念性的东西,它是抽象的,但又不是从体现它的艺术品中'抽象'出来的,因为当我们看到这个艺术品时,我们并不感到在它身外还有一个属于它的表现性形式,而是觉得它本身就是一个表现性的形式。"这样艺术抽象得到的就是一个表现情感的符号。

(二)

艺术作为表现人类情感的表现性形式,就是因为艺术形式与人类情感具有相同或相似的逻辑形式。这就使艺术符号具有了其他人类文化符号所不具备的表现功能。朗格把人类文化符号分为推论性符号和表象性符号两大系统,前者的代表是语言符号,后者的代表是艺术符号。朗格认为,迄今为止人类创造的最为先进的最令人震惊的符号就是语言。人类运用语言可以表达出不可触摸、无形的"观念",还可以表达出那些隐蔽的"事实"。正是凭借语言,我们才能够思维、记忆、想象;才能描绘事物,再现事物之间的关系,表现事物之间的规律,进行各方面的交流。正因为语言能清晰地抽象出事物的逻辑形式,所以称"语言是理性思维的符号形式",把它视为推论性符号的典型代表。

然而,朗格指出,语言这种"推论性形式"其用途也是有限度的。这是因为人类存在着大量可知的经验,这些经验都不可能通过推论性形式表现出来,当然也就不能通过语言表现出来。"这些经验就是我们有时称为主观经验方面的东西或直接感受到的东西——那些似乎清醒和似乎运动着的东西,那些昏暗模糊和运动速度时快时缓的东西,那些要求与别人交流的东西,那些时而使我们感到自我满足时而又使我们感到孤独的东西,还有那些时时追踪某种模糊的思想或伟大的观念的东西。……而这样一些感觉又被大家称为'情绪'。然而在我们感受到的所有东西中,有很多东西并没有发展成为可以叫得出名字的'情绪',这样一些东西在我们的感受中就像森林中的灯光那样变幻不定、互相交叉和重迭,当它们没有互相抵消和掩盖时,便又聚集成一定的形状,但这种形状又在时时地分解着,或是在激烈的冲突中爆发为激情,或是在这种冲突中变得面目全非。所有这样一些交融为一

附录一 艺术符号:抽象与形式

体而不可分割的主观现实就组成了我们称之为'内在生活'的东西"。对于人类的这些情感、情绪和内在生活,语言这种"推论性形式"是无能为力的。因为语言符号所指涉的是明晰的概念,它与上述变化莫测、难以名状的情感、情绪和内在生活缺乏相同或相似的逻辑形式。"由于情感的存在形式与推理性语言所具有的形式在逻辑上互不对应,这种不对应性就使得任何一种精确无误的情感和情绪概念都不可能由文字语言的逻辑形式表现出来。"尽管语言符号"在人类日常生活中是一种最平常和最可靠的交流工具,然而对于传达情感生活的准确性质来说,它却毫无用处"。这么说是因为艺术符号所要抽象的是情感的逻辑形式。"然而文字语言所达到的抽象对于理解情感生活毫无用处。它非但不能传达我们自身对生命和情感的理解,反而会歪曲和模糊它们。"这就进一步指出了语言符号在表达情感方面的局限。

语言符号这一推论性形式既然不能准确地表达情感,那么,这一任务必然诉诸艺术符号这一表现性形式。因为"一种表现性形式也就是一种知觉的或想象的整体,这一整体可以展示出整体内容的各个部分、各个点,甚至各种特征和方位之间的关系模式。因此,用这个整体就可以再现出另一种具有同种关系模式的整体"。艺术既然是表现人类情感的表现性形式,那必然与人类情感存在着对应的关系模式。所以朗格认为,任何一件艺术品所创造的形象,无论是一场舞蹈,还是一件雕塑品,或是一幅绘画,一部乐曲,一首诗,本质上都是内在生活的外部显现或主观现实的客观显现。这种形象之所以能标示内在生活或主观现实所发生的事情,就是因为这一形象与内在生活或主观现实含有相同的关系模式,亦即逻辑形式。艺术符号的创造归根到底就是要抽象出艺术与情感的逻辑形式。

惟其如此,朗格强调艺术所表达的情感是人类的情感概念。它不是艺术家个人情感的自我表现,而是人类的情感或情感概念,也就是人类情感的本质。在朗格那里它们是相同的概念。她反复强调"艺术家表现的绝不是他自己的真实情感,而是他认识到的人类情感"。"艺术是创造出来表现情感的形式,它们所表现的正是人类情感的本质。"艺术符号要成功地表现人类情感,就必须对情感进行艺术抽象,只有这样,才能得到一个表现人类情感本质的情感概念。

所谓"情感概念"是从具体情感中抽象出的人类普遍的情感、情感的共同特征。当然这一抽象是以具体情感为媒介和基础的。此外,朗格认为人类存在一种"客观情感",它独立于主体生命之外,在《哲学新解》中她曾指出:"主观情感蕴含于主体自身,客观情感包含于非人格的事物之中。"显然,主观情感是指艺术家个人的真实情感,而客观情感即是人类普遍的情感即情感概念。艺术符号既然是情感的逻辑形式,"艺术要达到的目的是对情感生活的洞察和理解,而一切理解又需要抽象"。艺术抽象获得的是艺术符号。艺术符号的本质是一个逻辑形式。所以,艺术符号中的情感必然是情感概念。它舍弃了具体情感中的偶然和非本质的成分,从而成为人类普遍的情感。因此朗格认为艺术中所表现的情感是艺术家所认识到的人类情感,而不是个人情感的自我表现。西方19世纪初叶以来,在美学和艺术理论中,"自我表现"说有着广泛的影响,到克罗齐尤其是科林伍德就走向了极端。他们认为艺术表现不需要媒介和外在形式,艺术表现只是发生在艺术家头脑中的活动,只是艺术家头脑中形成的意象。科林伍德甚至认为我

附录一 艺术符号:抽象与形式

们每个人每一次谈话和姿态都是一个艺术品。朗格认为纯粹的自我表现不需要形式。"我们已经确信,艺术品的情感表现——使艺术品成为表现性形式的机制——根本就不是征兆性的。一个专门创作悲剧的艺术家,他自己并不一定要陷入绝望或激烈的骚动之中。事实上,不管是什么人,只要他处于上述情绪状态之中,就不可能进行创作。""一个嚎啕大哭的儿童所释放出来的情感要比一个音乐家释放出来的个人情感多得多,然而当人们步入音乐厅的时候,绝没有想到要去听一种类似于孩子的嚎啕的声音。……因为人们不需要自我表现。"在朗格看来,艺术是将人类的情感呈现出来的可见可听的知觉形式,艺术形式与情感生活具有的动态形式是同构的,艺术表现就是要展示人类情感活动的结构模式,这样情感才能清晰地呈现出来。应该指出,艺术在表现人类情感的过程中不排除具体情感的作用,任何符号表现都要给所表现的东西赋予一种形式,都要包含着对形式的把握和初步的抽象活动。一件艺术品往往是对它表现的情感的一种个别的和特殊的呈现,而要做到使这种情感被人感知,就必须使得这种情感通过表现它的形式被直接抽象出来。故此朗格的结论是:"所谓艺术品,说到底也就是情感。……这样一种表现,实则是一种处于抽象状态的表现,这种抽象表现也叫符号性的标示,它是艺术品的主要功能,也正是由于这种功能,我才称一件艺术品为一种'表现性的形式'。"

(三)

正因为艺术形式与人类情感活动的动态形式具有相同的结构模式,艺术符号才成为一种表现性形式。朗格认为,这种表现性形式体现在具体作品中,都是直接作用于知觉的个别形式。这是一种特殊的形式,其特别之处就在于它不仅仅是一种视觉形象——它看上去似乎还具有某种生命的活力,体现了有机体生命活动的全过程。所以,朗格又把艺术符号称为"生命的形式"。

所谓"生命的形式"(即"生命形式")是指有机体的基本结构模式,是从生命活动中抽象出的一种共同的特征。如果说"表现性形式"是对艺术符号的本质的界定,那么"生命形式"则是对艺术符号表现特征的揭示。朗格认为,人作为一个有机的生命体,自然具有生命的形式。人的生命活动主要体现为情感活动。在朗格那里情感是指广义上的情感。"亦即任何可以被感受到的东西——从一般的肌肉觉、疼痛觉、舒适觉、躁动觉和平静觉到那些稳定的情调"。可见,这里的"情感"实际上包括了人的生理活动和心理活动两个方面,这也是人的生命活动的两大构成方面。当然在朗格那里情感主要指的还是后者。她曾强调:"所谓情感活动,就是指伴随着某种十分复杂但又清晰鲜明的思想活动而产生的有节奏的感受,还包括全部生命感受、爱情、自爱,以及伴随着对死亡的认识而产生的感受(这是在我们整个情感生活中所占百分比最大的一种感受)。"朗格指出,情感活动就好像是生命湍流中的最为突出的浪峰,它们同时具有与有机躯体以及这个躯体种种本能相类似的东西,它们的产生和消失形式也就是生命的成长和死亡呈现出来的那种形式,它们之间的相互关系和组合也就反映了生物存在的方式,因此,它们的形式也就是生命的形式。正是基于这种认识,朗格说:"如果要想使得某种创造出来的符号(一个艺术品)激发人们的美感,它就必须以情感的形式展示出来,也就是说,它就必须使自己作为

附录一 艺术符号:抽象与形式

一个生命活动的投影或符号呈现出来,必须使自己成为一种与生命的基本形式相类似的逻辑形式。"

艺术符号表现的是人类的情感,而要将这种情感清晰地呈现出来,就必须创造生命形式。生命形式的创造就必须抽象出情感活动与艺术形式类似于有机体的相似的逻辑形式,从而呈现出它们之间在结构上的同构性。这种同构关系实际上就是人的生命活动、情感活动在艺术品中的投射和外化,从而使艺术形式呈现出有机体的生命特征。通常人们说一个艺术品是"活生生"的,具有艺术的活力,亦即因为它展现出了"生命的形式"。当然,生命形式的含义并不是把艺术品真正等同于那些具有生物机能的有机体,绘画本身不能呼吸,也没有脉搏和跳动,音乐本身也不能吃饭、睡眠,更不能像生物那样自我恢复。艺术形式的生命特征说到底体现为艺术形式与生命形式的同构性。艺术符号就是要抽象出这种同构性,从而创造出"生命的形式"。朗格说:"你愈是深入地研究艺术品的结构,你就会愈加清楚地发现艺术结构与生命结构的相似之处,这里所说的生命结构包括从低级生物的生命结构到人类情感和人性这样一些高级复杂的生命结构(情感和人性正是那些最高级复杂的艺术所传达的意义)。"对于一幅画、一支歌或一首诗来说,它们并不真正具有器官和生物机能,然而,它们之所以能与普通事物相区别,就是因为它们看上去是一个"生命的形式",与有机生命体有着相似的结构关系。朗格指出生命形式具有有机统一性、运动性、节奏性和生长性这些特征,一个真正的艺术品事实上正具备这些特征。"艺术品本身也是一种包含着张力和张力的消除、平衡和非平衡以及节奏活动的结构模式,它是一种不稳定的然而又是连续不断的统一体,而用它所标示的生命活动本身也恰恰是这样一个包含着张力、平衡和节奏的自然过程。……我们所感受到的就是这样一些具有生命的脉搏的自然过程,因此,用艺术符号是完全可以把这样一些自然过程展示出来的。"

应该看到,既然人的生命活动主要体现为情感活动,而艺术作为人类情感的符号创造,必然要致力于生命形式的创造,而生命形式的创造实际上就是要抽象出情感的逻辑形式,从而揭示出人类情感活动的深层次心理结构。应该说,这才是生命形式的本质所在。惟其如此,艺术形式才能成为表现人类情感本质的符号。

从中西互鉴的角度来看,我国著名美学家宗白华先生在《论中西画法的渊源与基础》一文中相关的论述,可以有助于我们进一步理解朗格的上述观点,兹录于后,以资参照:

> 人类在生活中所体验的境界与意义,有用逻辑的体系范围之、条理之,以表达出来的,这是科学与哲学。有在人生的实践行为或人格心灵的态度里表达出来的,这是道德与宗教。但也还有那在实践生活中体味万物的形象,天机活泼,深入"生命节奏的核心",以自由谐和的形式,表达出人生最深的意蕴,这就是"美"与"美术"。
> 所以美与美术的特点是在"形式"、在"节奏",而它所表现的是生命的内核,是生命内部最深的动,是至动而有条理的生命情调。……
> 美术中所谓形式,如数量的比例、形线的排列(建筑)、色彩的

和谐(绘画)、音律的节奏,都是抽象的点、线、面、体或声音的交织结构。为了集中地提高地和深入地反映现实的形相及心情诸感,使人在摇曳荡漾的律动与谐和中窥见真理,引人发无穷的意趣,绵渺的思想。

所以形式的作用可以别为三项:

(一)美的形式的组织,使一片自然或人生的内容自成一独立的有机体的形象,引起我们对它能有集中的注意、深入的体验。……

(二)美的形式之积极的作用是组织、集合、配置。……使片景孤境能织成一内在自足的境界,无待于外而自成一意义丰满的小宇宙,启示着宇宙人生的更深一层的真实。……

(三)形式之最后与最深的作用,就是它不只是化实相为空灵,引人精神飞越,超入美境;而尤在它能进一步引人"由美入真",探入生命节奏的核心。世界上唯有生动的艺术形式……如音乐、舞蹈姿态、建筑、书法、中国戏面谱、钟鼎彝器的形态与花纹……乃最能表达人类不可言、不可状之心灵节奏与生命的律动。

每一个伟大时代,伟大的文化,都欲在实用生活之余裕,或在社会的重要典礼,以庄严的建筑、崇高的音乐、闳丽的舞蹈,表达这生命的高潮,一代精神的最深节奏。……建筑形体的抽象结构、音乐的节律与和谐、舞蹈的线纹姿式,乃最能表现吾人深心的情调与律动。

吾人借此返于"失去了的和谐,埋没了的节奏",重新获得了

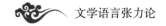

生命的中心,乃得真自由、真生命。……①

从上述引文中不难见出,宗白华先生对艺术形式的看法与朗格互为印证,从而有助于我们加深对于艺术形式以及抽象与形式关系的理解。

---

① 宗白华:《艺境》,北京大学出版社1987年版,第110—111页。

附录二
形象文本与语图张力

进入21世纪,随着大众传媒技术的迅猛发展,图像文化异军突起,波及众多知识和文化领域,文学自然也不例外。在不少文学研究者看来,图像文化的兴起对文学的冲击使得文学越来越边缘化了。文学的生存空间正日益遭到强势的图像文化的挤占,尤其是大量的文学经典被改编为影视剧以后,吸引了人们的目光,使文学原著的读者日趋减少,传统的对文学作品的深度阅读正让位于娱乐性的影像观看,文学的审美"韵味"正在被影视的"震惊"效果所取代。总之,正是由于图像文化的盛行,使之获得了审美文化中的霸权地位,从而导演了一场图像对于文学的战争,文学的日益衰落也就在所难免了。

在我看来,上述看法只看到了问题的一个方面。不可否认,随着20世纪末大众传媒技术的不断普及,图像文化迅速扩张,从而给公共文化领域和众多知识领域带来了广泛而深刻的影响。这一现象首先在西方发生并引起了西方人文学者的关注。如果说20世纪初西方哲学的"语言学转向"把众多人文学科带进了一个语言的时代,那么,20世纪末发生的"图像转向"则让人们真切地感受到了世界的图像时代的来临。美国当代著名的图像学理论家W.J.T米歇尔在其《图像理论》一书的序言中感叹:"我们发现,21世纪的问题是形象的问题。我们生活在由图像、视觉类像、脸谱、幻觉、拷贝、复制、模仿和幻想所控制的文化当中,当然,我不是第一个提出这种观点的人。对于强大的视觉文化的焦虑不仅仅是批判知识分子的领域。""我们生活在一种形象文化之中,一个景观社会里,一个由相像和类像构成的世界上。我们的周围都是图像;我们有无数关于图像的理论,但是,这似乎对我们没有任何好处。懂得图像在做什么,理解它们,似乎并不必然给予我们操控它们的权力。"[①]对于不少文学研究者来说,图像文化的渗透和冲击被视为一种异质媒介的入侵,引起了不少学者的担心和恐慌。

西方自亚里斯多德以来,文学一直被看成是语言的艺术,从最初口传文化时期的口耳相传到后来印刷文化时期的文字阅读,语言在文学创作和传播的过程中从未被其他媒介操纵和控制,图像文化的兴起改变了语言媒介在文学传播中的唯一性质和垄断地位,使传统文学的传播媒介、传播途径以及文学教育中"阅读"的地位发生了动摇。哈罗德·布鲁姆认为,现在我们正处在一个阅读史上最糟糕的时刻,在《西方正典》"哀伤的结语"中他说:"如今每年进入耶鲁的学生中仅有少数人具有真正的读书激情。你无法教会那些对你说不爱诗的人去热爱伟大的诗篇。""'我要读什么?'不再是一个问题,因为在影视时代里读书人已经寥寥无几。"在他看来,正是由于新兴科技发展的纷扰使人们不再像以往那样专注于读书,对此造成的影

[①] [美]W.J.T.米歇尔:《图像理论·序》,陈永国、胡文征译,北京大学出版社2006年版,第2、5—6页。

响,他充满焦虑:"我在一所顶尖大学教了一辈子的文学以后,反而对文学教育能否渡过眼下的困境缺乏信心。"①

"诚实迫使我们承认,我们正在经历一个文字文化的显著衰退期。我觉得这种发展难以逆转。"②布鲁姆的焦虑具有一定的代表性,从某种意义上来说,传统的文学传播和文学教育就是对以纸质文本形态出现的经典文学作品的阅读,其主要传播媒介是语言文字。图像文化的兴起,打破了以往文学传播和文学教育的惯例,无论是西方还是中国,大量的文学经典成了影视改编的题材,在文学接受的过程中阅读变成了观看。那么,"文学观看"是不是导致目前文学创作和文学教育衰落的根本原因呢?文学与图像、阅读与观看二者之间是否必然产生冲突?在我看来,这一问题仍有待我们进行深入的探讨。

从艺术媒介的角度来看,文学是语言的艺术,文学与图像的关系,说到底就是语言与图像的关系。二者之间尽管存在差别但也绝非截然对立,语图关系既存在于语图异质文本之间,也可以产生于同一文本之内。文学离不开形象思维,需要想象、联想、模仿以至幻想,最终创造出鲜明可感的艺术形象,同样,图像也必须借助语言及思维以呈现其意义。语言与图像的关系错综复杂,它们既对立又统一,既有媒介上的差异性,又有符号上的同质性。从这一角度进行考察,既可以进一步分析文学和艺术文本中语图之间存在的张力,从学理上阐述当下文学遭遇图像文化挤占所面临的现实问题,同时又有助于我们从另一个侧面看待

---

① [美]哈罗德·布鲁姆:《西方正典》,江宁康译,译林出版社2005年版,第410、415、409页。

② [美]哈罗德·布鲁姆:《西方正典·中文版序言》,江宁康译,译林出版社2005年版,第3页。

文学语言所具有的符号特性。

<h2 style="text-align:center">（一）</h2>

"形象文本"这一概念是美国当代著名的视觉艺术批评家和图像学理论家 W. J. T. 米歇尔在其《图像理论》一书中提出来的,用以指称那些把形象和文本结合起来的合成的综合性作品①。在我看来,这一概念具有极大的包容性,超越了西方近代以来以摹仿论为基础的诗画比较理论,有助于人们进一步深入考察视觉艺术中语言与图像的互文关系问题。

语图关系涉及视觉和语言两种不同的艺术媒介及其艺术形式,如何看待它们各自的特性及其相互之间的关系,是我们探讨这一问题不可回避的前提。

在西方美学史上,最早对二者进行专门讨论并产生广泛影响的是莱辛。在《拉奥孔》中,莱辛不满于古希腊以来长期流行的诗画一致说,从摹仿论出发,详细论述了二者在摹仿媒介、模仿对象以及摹仿方式等方面的差异,从而严格区分二者的界限。他认为,绘画和诗用来摹仿的媒介符号是完全不同的,前者所用的符号是空间的形体和颜色,它们是空间并列的,只宜于表现那些全体或部分本来也是在空间中并列的事物（物体）,物体连同它们的可以眼见的属性是绘画所特有的题材;后者所用的符号是在时间中发出的声音（语言）,它们是在时间中先后承续的,只宜于表现那些全体或部分本来也是在时间中先后

---

① ［美］W. J. T. 米歇尔:《图像理论》,陈永国、胡文征译,北京大学出版社 2006 年版,第 77 页。

承续的动作情节,动作情节是诗所特有的题材。显而易见,莱辛着眼于符号媒介的时空属性对诗与画进行区分,旨在揭示它们各自特有的规律,诗属于时间艺术,画属于空间艺术,它们的特征和规律也应该在相应的时空中得到说明。尽管他已经明确地意识到无论是诗还是画,它们的摹仿对象都同属于时空体,物体和动作"不仅在空间中存在,而且也在时间中存在",看到了二者之间相互联系的一面,但这种联系不会影响到它们之间的区别,他强调,只要借助特定的摹仿方式依然可以把它们区分在各自的时空范畴中:"绘画也能摹仿动作,但是只能通过物体,用暗示的方式去摹仿动作。"(即选择动作中"最富于孕育性的那一顷刻")同样,"诗也能描绘物体,但是只能通过动作,用暗示的方式去描绘物体"(即从美的效果去描绘或用化美为媚的方法)①。

总体看来,莱辛在西方古希腊以来叙事写实型艺术传统的背景下对诗与画艺术规律所作的区分和总结是富有启发性的,他提醒人们从艺术媒介角度把握不同的艺术再现形式及其特性,从而开启了西方艺术研究中比较研究的途径,影响是不言而喻的。然而,如果我们对不同的艺术媒介及其艺术样式之间的关系作进一步深入思考的话,那就不难看到,所谓区别只是它们相互关系的一个方面,除此以外,它们之间还有"剪不断,理还乱"的交融和联结。

那么,应该如何看待不同的艺术媒介及其符号形式之间的关联呢?换言之,在"形象文本"中视觉与语言、形象与文本的关系究竟应该怎样去加以理解?在莱辛拟写的《拉奥孔》续篇的提纲中,他提到了

---

① [德]莱辛:《拉奥孔》,朱光潜译,人民文学出版社1979年版,第82—83页。

不同媒介符号相互结合的可能性及其效果问题，他认为："把多种美的艺术结合在一起，以便产生一种综合的效果，这种可能性和难易程度就要随这些艺术所用的符号的差异而定。"在他看来，诗与音乐的结合是最完善的，因为它们都是诉诸听觉的先后承续的符号，不仅涉及同一感觉，而且可以同时用同一感觉器官去接受和复现；而画与诗的结合是不完善的，"由于画与诗所用的符号有在空间中并列和在时间上先后承续的分别，它们就不能有完善的结合，不能从结合中产生综合的效果，而只是一种艺术服从另一种艺术的结合。"[①] 显然，莱辛对于语言这一艺术媒介的理解存在着西方"语音中心主义"的局限，他只注重语言的声音符号所具有的时间线性序列特征，而忽视了语言的文字符号及其书写形式所具有的视觉空间性特征，他所理解的诗也只是西方口传叙事传统中的史诗和戏剧诗，抒情写意型的艺术（诗、画）被排除在他的论域之外，从而简单地否定了诗与画的结合。诗与画究竟能否产生"完善的结合"呢？

（二）

其实，在《拉奥孔》第 22 章开头作者所举的例子中已经暗含了诗与画相互关联的问题，只是由于莱辛坚执于二者之间的区别，使其与"形象文本"失之交臂。他举例说："宙克西斯画过一幅海伦像，而且有勇气把荷马描述惊羡的元老们招认所感到的情感的那些名句题在画下面。诗与画从来不曾有过这样的竞赛。"宙克西斯的《海伦》"画里就只有海伦一个人的形象，赤裸裸地站在那里"；荷马史诗对于海伦的描

[①] [德]莱辛：《拉奥孔》，朱光潜译，人民文学出版社 1979 年版，第 189—193 页。

绘是从美的效果去加以显示的，在《伊利亚特》中，特洛亚元老们初见海伦后大为惊艳，不禁议论道："没有人会责备特洛亚人和希腊人，/说他们为了这个女人进行了长久的痛苦的战争，/她真像一位不朽的女神啊！"①这就是"荷马描述惊羡的元老们招认所感到的情感的那些名句题"。莱辛赞赏宙克西斯以及这幅画"只就美的组成部分去显示美，认为应用其他法术，对他那门艺术都是不恰当的"。在我看来，这幅名画如果只有海伦一个人的形象，而没有画下面的题诗，其效果就会远为逊色，画家的高明之处就在于他巧妙地应用了诗的"法术"，使海伦不再是"赤裸裸地站在那里"的一个人的形象，画与诗相互指涉，使海伦的形象超越了画幅有限的物理空间的限制，从而进入史诗叙述的历史时空，使形象具有了丰厚的社会历史内涵，而不仅仅是一个孤立、静止的美的形象的展示，画与诗的结合使这一形象具有了叙事性的因素，赋予了形象以意义。

上述事例已经显示了诗画结合的某种可能性。一般说来，在形象文本中，视觉媒介与语言媒介往往并置于同一个空间，异质的媒介不是相互"竞争"，而是相辅相成，共同完成艺术形象的塑造。由此需要进一步追问的是，为什么会产生这种结合，在这种结合中语言是如何参与艺术形象塑造的？为了能够说明这一问题，我们需要结合一些经典的形象文本来予以阐述。从艺术史的角度来看，我认为典型的形象文本是中国传统的文人画，其最为显著的特征是诗、书、画、印以及题跋的有机结合，它们集中统一于同一个平面空间。一般认为，传统文人画的开创者是唐代著名的诗人王维，苏轼在《书摩诘蓝田烟雨图》中说："味摩诘

---

① ［德］莱辛：《拉奥孔》，朱光潜译，人民文学出版社1979年版，第123页。

之诗,诗中有画;观摩诘之画,画中有诗。"表现出对王维诗、画艺术成就的高度推崇。文人画经宋、元两代的繁荣期,至明、清而鼎盛,在清代画坛上,扬州八怪的绘画作品是这一时期文人画的典型代表,也是我们用来进一步分析形象文本的绝佳例证。

在扬州八怪的绘画作品中,语言媒介借助书法的表现形式以诗、词、题跋等多种样式进入作品中来,数量之多,几乎达到了无画无诗、无画无题的地步,呈现出了传统文人画鼎盛时期所形成的极具中国特色的艺术景观,这一传统一直影响到今天的文人画创作,一幅绘画如果只有图像而没有以书法形式出现的诗文题跋,总会令人感到有所缺失。这一点恰好与西方传统绘画形成了鲜明的对比。西方传统艺术包括绘画自古希腊直到19世纪,一直强调艺术对于现实世界的逼真摹仿,特别是文艺复兴时期"透视法"的发明及其在绘画中的广泛运用,更是加深了人们对于艺术再现原则的重视,渗透了一种较为明显的科学实证的精神,绘画被视为对于物体美的如实再现和逼真还原,所以,画面上不能出现文字符号,以保证视觉形象的纯粹性和逼真性。如莱辛就曾强调:"一种美的艺术的固有使命只能是不借助于其他艺术而独自完成的那一种。就绘画来说,它的固有使命就是物体美。"① 与西方传统的注重摹仿写实的绘画不同的是,中国文人画注重的是抒情写意,在画家们的眼中,物体的形象是否逼真并不重要,重要的是能否通过形象传达出笔墨情趣,从而寓意于物,托物抒怀。惟其如此,在绘画如何看待形似与神似关系问题上,传统文人画无论是在创作还是在理论上,都毫无例外地倾向于后者。文人画的理论先驱苏轼认为:

---

① [德]莱辛:《拉奥孔》,朱光潜译,人民文学出版社1979年版,第194页。

"论画以形似,见与儿童邻。"①"元四家"的代表人物倪云林坦言:"仆之所谓画者,不过逸笔草草,不求形似,聊以自娱耳。""余之竹聊以写胸中逸气耳,岂复较其似与非、叶之繁与疏、枝之斜与直哉!"②汤垕更是强调:"画梅谓之写梅,画竹谓之写竹,画兰谓之写兰,何哉?盖物之至清,画者当以意写之,不在形似耳。"③这种看法至明、清已成为文人画家们的共识,使传统文人画形成了迥异于西方传统绘画的审美旨趣和艺术风貌。以此为背景,我们方能进入扬州八怪的绘画世界,进而理解语图结合的必要性及其互文关系。

(三)

在以写意为主的文人画中,语图结合是一种必然的选择。不论文人画的创作主体如何坚持"以意写之,不在形似"的创作主张,他们对于形象的描绘和塑造仍然予以了高度的重视,只不过不以形似、写实作为绘画的最终目的而已。扬州八怪的代表人物郑板桥在一幅画竹的题跋中,针对时人对于写意的误解,他强调指出:"必极工而后能写意,非不工而遂能写意也。"④写意画所写之意,既是物体之意的呈现,更是主体之意的抒发,是"外师造化,中得心源"的结果。尽管绘画和语言都是表达人类精神意识的符号形式,在人类对于周围

---

① 苏轼:《书鄢陵王主簿所画折枝二首》,见《东坡集》卷第十六,明成化本。
② 《倪云林先生诗集·附录·书画竹》,四部丛刊集部,上海涵芬楼借秀水沈氏藏明初刊本影印。
③ 汤垕:《画鉴》,见张英:《渊鉴类函·巧艺部四》卷三百二十七,四库全书本。
④ 《郑板桥集》,上海古籍出版社1979年版,第155页。

世界的感知中视觉具有优先性,"观看先于语言"①;但是,作为一种物态化的视觉符号,绘画形象总是偏重于物体外在化形象的摹写和塑造,其诉诸视觉的外在性,使主体之意——作品的意蕴处于一种模糊朦胧、游离不定的遮蔽状态,这也就是蒙娜丽莎的微笑始终让人感觉神秘的原因。

　　黑格尔在分析艺术作品的意蕴时指出:"遇到一件艺术作品,我们首先见到的是它直接呈现给我们的东西,然后再追究它的意蕴或内容。前一个因素——即外在的因素——对我们之所以有价值,并非由于它所直接呈现的;我们假定它里面还有一种内在的东西,即一种意蕴,一种灌注生气于外在形状的意蕴,那外在形状的用处就在指引到这意蕴。因为一种可以指引到某一意蕴的现象并不只是代表它自己,不只是代表那外在的形状,而是代表另一种东西,就像符号一样,或则说得更清楚一点,就像寓言一样,其中所含的教训就是意蕴。"②虽然黑格尔的论述存在着轻视艺术形式的倾向,但它强调艺术作品应该有意蕴确是千真万确的。对于视觉艺术来说,我们仅仅靠眼睛从形象中去"追究它的意蕴或内容"是难以胜任的,特别是对于中国传统的文人画,其写意的特性决定了它离不开语言的积极参与,因为语言是表达观念的符号,是人类迄今以来所发明的最有效的表意符号系统,它能将任何主体之意清晰地表达出来。由此也就不难理解形象文本产生的必然性了。

---

① [英]约翰·伯杰:《视觉艺术欣赏》,戴行钺译,商务印书馆1994年版,第1页。
② [德]黑格尔:《美学》第一卷,朱光潜译,商务印书馆1979年版,第24—25页。

附录二 形象文本与语图张力

就扬州八怪的绘画来说,语图的结合及其互文关系,一方面扩大了创作主体写意的手段,同时也丰富和改变了接受主体的视觉经验,从而收到了单一的图像所无法达到的艺术效果。扬州八怪的绘画成就主要体现在花鸟画上,梅、兰、竹、菊、松、石等构成了他们绘画的主要题材,这些题材也是文人画中常见的题材,如何从这些传统的题材中翻出新意,表现出新的内容,开拓出新的境界,仅仅靠形式和技法的创新显然是不够的,正是由于语言的参与,使语图互补互涉,形成了一个充满张力的图文空间,从而成就了扬州八怪的绘画艺术。为了论述的方便,我们不妨以郑板桥的绘画作品为例,概括出其中的语图关系以及语言在形象文本中所起的作用。

首先,语图互补,借助语言的赋意功能揭示绘画主题。清代画家方薰在《山静居画论》中说:"款题画始自苏、米,至元明而遂多。以题语位置画境者,画亦由题益妙。高情逸思,画之不足,题以发之,后世乃为滥觞。"①如郑板桥两首画竹的题画诗:"衙斋卧听萧萧竹,疑是民间疾苦声;些小吾曹州县吏,一枝一叶总关情。"(见图1)"乌纱掷去不为官,囊橐萧萧两袖寒;写取一枝清瘦竹,秋风江上作渔竿。"(见图2)前一首是画家在潍县任上送给包大中丞一幅墨竹图上的题诗,后一首是他从潍县任上罢官回乡时所作,两幅画画面上的主体形象都只是几枝墨竹迎风而立,但主题和立意却大异其趣,如果不是"题以发之",真难以捕捉它们各自的主题和含义以及画家所寄托的"高情逸思"。

---

① 方薰:《山静居画论·下卷第十四》,知不足斋丛书,清嘉庆刻本。

图 1　　　　　　　　图 2

其次,语图相映,寓意于物,赋予形象以隐喻和象征意味。张式《画谭》谓:"题画须有映带之致,题与画相发,方不为羡文。乃是画中之画,画外之意。"[①]郑板桥善画兰、竹、石,在画中,作者往往通过诗文、题跋与图像相互映发,使其成为自我精神、人格的写照,完成其主体形象的塑造,以达到抒情写意的目的。如他的一幅画竹图,画面上只有三竿挺立的墨竹,其题诗道:"画竹诸家问老夫,近来泼墨怕模糊。一干疏枝兼淡叶,挺然断不要人扶。"诗中的形象与画中的图像映衬,使整幅画的意蕴变得清晰起来(见图 3)。

---

① 张式:《画谭》,见季伏昆:《中国书论辑要》,江苏美术出版社 1988 年版,第 546 页。

图3

再次,语图相融,借助文字符号的书写形式,使其富有视觉美感,从而参与艺术形象的塑造,与绘画形象有机地统一于画面之中。前人对此有不少论述,例如,宋濂云:"六书首之以象形,象形乃绘事之权舆……书者,所以济画之不足者也。使画可尽,则无事乎书矣。吾故曰:书与画非异道也;其初,一致也。"[①]钱杜云:"画上题咏与跋,书佳而行款得地,则画亦增色。"[②]文字及其书写形式(书法)本身就具有"图像

---

① 宋濂:《画原》,见季伏昆:《中国书论辑要》,江苏美术出版社1988年版,第540页。
② 钱杜:《松壶画忆》,见季伏昆:《中国书论辑要》,江苏美术出版社1988年版,第545页。

图 4

意味",在形象文本中,它可以使语言完成向形象的过渡,既增强了文本的艺术价值,又保证了意义的畅通。这一点在郑板桥的绘画中体现得尤为明显,他自创的"六分半书"为他的画作增色不少,通过诗、词、题跋等形式精心布局,诗书画相融相济,被誉为"三绝",从而使他的绘画成为一个有机的艺术整体,具有了特殊的审美价值(见图4《十笏茅斋竹石图》)。

对于传统文人画诗书画结合的范式,宗白华先生曾发表过精彩的看法,他说:"引书法入画乃成中国画第一特点。……中国特有的艺术'书法'实为中国绘画的骨干,各种点线皴法溶解万象超入灵虚妙境,而融诗心、诗境于画景,已成为中国画的第二特色。中国乐教失传,诗人不能弦歌,乃将心灵的情韵表现于书法、绘画。书法尤为代替音乐的抽象艺术。在画幅上题诗写字,借书法以点醒画中的笔法,借诗句以衬出画中意境,而并不觉破坏画景(在西洋油画上题句即破坏其写实幻境),这又是中国画可注意的特色……中国画以书法为骨干,以诗境为灵魂,诗、书、画同属于一境层。"[①]这段话对于我们理解形象文本中语图关系及其张力,同样具有一定的启发作用。

---

① 宗白华:《艺境》,北京大学出版社1987年版,第113页。

附录二 形象文本与语图张力

应该指出的是,在当下这个图像文化盛行的时代,形象文本及其语图关系是一个非常复杂的问题,涉及众多的学科和领域,语图张力不仅存在于文本之中,同时,它还存在于文本之外与之相关联的诸多因素及其互动之中,诚如赵宪章教授所言:"如果真正进入这一语境,我们就会发现它绝不是一个轻松的话题,因为,就我们现在所知道的主要学术资源来看,都不是在'传媒时代'这样一个现代语境中进行分析的,因此,如何站在时代的前沿重新思考这一问题就必须立足于原创。例如,'语—图'互文研究首先就要探讨语言和图像作为媒介的功能有何不同。语言的本性是指涉事物或表达思想,因此以语言为媒介的文体更适合叙事与论说;图像的本性是视觉直观,因此以图像为媒介的艺术就表现为视觉形象的客体展示。但是二者又不是绝对的,它们的这些功能往往又相互交叉或游弋;并且,一旦交叉与游弋之后,它们原本的状态和功能都会有所变异。其中有怎样的规律? 另外,语言文本一旦被翻译成图像文本,或者图像翻译成语言(例如题画诗),源文本和翻译文本究竟存在怎样的关系? 其中的取舍和增减、弱化和强化等是否有'法'可循? ……"[①]本文只是从不同的艺术媒介相互关联的角度对形象文本所作的初步考察,对于这一问题的学理分析仍需继续深入。

---

① 赵宪章:《传媒时代的"语—图"互文研究》,《江西社会科学》,2007年第9期,第11页。

附录三
从语际翻译看文学语言的特性

文学翻译是文学交流和传播的一条重要途径,对于文学生产和文学研究都起到了非常积极的作用;然而,语际翻译毕竟是两种不同语言符号系统之间的转换,如何达到不同语言之间转换的对等,求得等值,以不失其"保真性",一直是语言学家、翻译界和比较文学研究者们共同关注的问题。对于文学翻译来说,这一问题尤显突出,因为文学是语言的艺术,既有与标准语言或实用语言相同的共性,又有着不同于标准语言或实用语言的"文学性"方面的特殊要求。文学翻译中存在的问题,集中体现在关于诗的可译与不可译的问题上,对此,学术界一直见仁见智。笔者认为,探讨这一问题将有助于我们对文学语言特性的理解,而对文学语言特性的认识,同时也有助于我们对这一问题的把握。基于此,本文立足于现代语言学、语言哲学以及翻译学的研究成果,阐明自己的看法。

一、语言的文化层面

爱德华·萨丕尔在论述语言与文学的关系时,曾谈到文学语言的

附录三 从语际翻译看文学语言的特性

翻译问题,他指出:"每一种语言都有它鲜明的特点,所以一种文学的内在的形式限制——和可能性——从来不会和另一种文学完全一样。用一种语言的形式和质料形成的文学,总带着它的模子的色彩和线条。文学艺术家可能从不感觉到这个模子怎样阻碍了他,帮助了他,或是用别的方式引导了他。可是一把他的作品翻译成别的语言,原来的模子的性质就立即显现出来了。文学家的一切表达效果都是通过他自己的语言的形式'筹划'过的,或是直觉地体会到的;不能不受损失地或不加修改地搬过来。"所以,他同意文学从来不能翻译的说法,但他紧接着又强调:"虽然如此,文学作品还是翻译了的,有时候还译得怪不错。"那么,文学究竟可译还是不可译呢?这是一个具有理论价值的问题。他的思考是:"文学这门艺术里是不是交织着两种不同类或不同平面的艺术——一种是一般的、非语言的艺术,可以转移到另一种语言媒介而不受损失;另一种是特殊的语言艺术,不能转移。我相信这样的区分是合理的,尽管在实践上这两个平面从不能清楚地分开。文学把语言当做媒介,可是这媒介是分为两层的,一是语言的潜在内容——我们的经验的直觉记录,一是某种语言的特殊构造——特殊的记录经验的方式。"①萨丕尔的这一论述,对于我们继续深入地思考文学语言是否可译的问题,不无启发意义。

语言作为人类表达观念的符号系统,真实地记录了人类的主观经验和客观经验,共同参与着人类精神的建构,不同的民族和语言集团尽管形成了各不相同的语言符号系统,使语言具有了不同的文化色彩

---

① [美]爱德华·萨丕尔:《语言论》,陆卓元译,商务印书馆1985年版,第199页。

和民族印记,但人类的经验、精神及文化总有相同、共通的一面,这就决定了不同的语言符号系统之间具有可通约性,从而使不同语言系统的相互转换成为可能,使不同语言具有了可译性的基础以及相应的等值成分(equivalents);但是,不同的语言符号系统毕竟是不同的民族和语言集团在各自的社会生活、社会实践过程中约定俗成地形成和发展起来的,其语音语义系统、表现形式、结构特征、文化色彩等方面必然存在着一定的差别,从而鲜明地体现出不同民族观物感物、认识世界的方式以及民族的精神特性,这就使得即使在"语言的潜在内容——我们的经验的直觉记录"方面,不同语言在客观经验的指称以及主观经验的表达上不可能完全相同。洪堡特称,"每一语言都包含着一种独特的世界观"[①],就是强调不同民族的语言及其文化之间所存在差异,他说:"语言的特性是由思想与语音的结合方式决定的。在这个意义上说,语言的特性与精神相仿:精神在语言中生下了根,并把生命赋予了语言,就好像把灵魂赋予了它所造就的肉体。语言的特性是民族精神特性对语言不断施予影响的自然结果。一个民族的人民总是以同样的独特的方式理解词的一般意义,把同样的附带意义和情感色彩添加到词上,朝同一个方向联结观念、组织思想,并且在民族智力独创性与理解力相协调的范围内同样自由地构造语言,于是,这个民族便逐步地使其语言获得了一种独一无二的色彩和情调,而语言则把它所获得的这类特征固定了下来,并以此对该民族产生反作用。"[②]他进而

---

① [德]威廉·冯·洪堡特:《论人类语言结构的差异及其对人类精神发展的影响》,姚小平译,商务印书馆1999年版,第72页。
② [德]威廉·冯·洪堡特:《论人类语言结构的差异及其对人类精神发展的影响》,姚小平译,商务印书馆1999年版,第204页。

强调:"虽然总的来看,一些不同语言的词可以表示相同的概念,但它们决不会是真正的同义词。……这种情况甚至在词被用作物质实体的名称时也会发生。……不过,真正的词义差别应该说是表现在精神概念的名称上。就这类名称而言,两种语言中的相应的词很少有可能不带明显意义差别地表达同一个概念。"①这就使我们不难看到不同语言符号系统及其语词之间确实存在着不可译的成分和因素。比较典型的如汉语中的"龙"与英语中的"dragon",尽管它们在字词上是对应的,表达的是相同的概念,但它们的文化含义和象征意义却大相径庭,具有不可通约性。

事实上,不少学者正是从这一角度强调语言之间的差异及其不可译性。卡西尔在《人论》中论述语言指称命名的实质时,就遵循着洪堡特的思路,他说:"即使在相近语系并且一般结构也都一致的语言中,我们也找不到完全相同的名称。如洪堡特所指出的,希腊语和拉丁语的月亮这个词虽然都指称同一个对象,但并不表示相同的旨义和概念。希腊语的'月亮'(mēn)是指月亮的'衡量'时间的功能,而拉丁语的'月亮'(luna,luc—na)则是指月亮的清澄或明亮状况。"②桑塔耶纳也强调:"没有哪一个词能够具有同一语种或另一语种任何一词的精确价值。"他举例说:"在我看来,用英语'bread'译不出西班牙语'pan'(面包)的人情味的强度,正如用希腊语'Dios'之译不出英语'God'的

---

① [德]威廉·冯·洪堡特:《论人类语言结构的差异及其对人类精神发展的影响》,姚小平译,商务印书馆1999年版,第224页。
② [德]恩斯特·卡西尔:《人论》,甘阳译,上海译文出版社1985年版,第171页。

庄严神秘的意义。"①的确,语言从来都不是透明的,不同民族的语言由于民族精神特性、文化传统、认知方式、思维方式等因素的影响,其间的差异总会在词汇等方面表现出"一种独一无二的色彩和情调",从而使语言具有了鲜明的民族性特征,增加了可译性的难度,并在不同程度上制约着文学语言的翻译和接受。包振南在《试论可译性的限度》一文中举了一个有趣的例子,英国翻译家戴维·霍克斯在翻译中国古典名著《红楼梦》书名时,颇费踌躇,在汉语世界里,"红"往往象征着昌盛、幸福、幸运、春意盎然;而在英语世界里,具有类似特点的色彩却是绿色和金黄色,红色则使人会联想到"危险"和"极端"。出于这种考虑,霍克斯在译《红楼梦》书名时有意避开了这个棘手的问题,将英译本书名定为《The Story of the Stone》(《石头记》),并将书中的"怡红院"译为"绿色的庭院",将"怡红公子"译成"绿色公子"②。霍克斯的译法生动地体现了语言的民族文化差异,他没有拘泥于译语与原语之间的词语对应,而是从"文化转移"的角度寻求语言的意义等值或语用等值,以克服和弥补语言文化中的不可译因素,使译本在英语文化语境中便于接受和传播。

　　语言表征着民族文化并参与民族文化的建构,本身就是民族文化的一个组成部分。文学语言自然也不例外,因为它并不是一种游离于一定语言系统和语言集团之外的特殊语言,从文化层面来看,文学语言与非文学语言相比更富于文化色彩和文化意味。20世纪以来西方

---

① [美]乔治·桑塔耶纳:《美感》,缪灵珠译,中国社会科学出版社1982年版,第113页。

② 张柏然、许均主编:《译学论集》,译林出版社1997年版,第132页。

附录三 从语际翻译看文学语言的特性

翻译界关于翻译的"归化"(domestication)与"异化"(foreignizing)的争论,如果撇开文化政治方面因素的考量,则让我们看到,语言的文化因素是语言与生俱来的不可忽视的因素,无论遵循何种翻译原则、采取何种翻译策略,只能缩小而不能从根本上抹平不同语言之间的文化差异,在这方面,文学翻译也是如此。自然,文学语言的文化属性更应该结合其在艺术和审美方面的特点来加以考察,这样才能进一步深入地揭示文学语言所具有的文化特性。

二、语言的形式层面

从实用语言的翻译角度而言,意义等值是其努力追求的目标,只要译语能忠实地传达出原语的意义,实现意义的对应转换,相应地就能达到语用等值的效果,至于其语言的表达形式是否对等则不太重要,因为对于实用语言来说,语言只是传达语义信息的载体和工具,对于语言,它所重视的是"说什么",而不是"怎么说",得意即可忘言,以至于"只有放弃原语言形式才能更好地表达意义"①。而对于文学语言的翻译来说,仅强调意义等值是远远不够的,因为文学语言尤其是诗歌语言非常注重语言及其表达形式上的"文学性",它不是对语言词典意义的简单照搬,而是要借助特定的语言形式传达诗性的信息和审美的语义,惟其如此,语言形式对于文学来说就不是可有可无的,而是至关重要的。它是一种"有意味的形式",是"声文""形文"和"情义"即音形义的统一体,所以,语言形式之于文学就不能简单地被视为意义的

---

① [法]勒代雷:《释意学派口笔译理论》,刘和平译,中国对外翻译出版公司2001年版,第33页。

177

载体，它是审美对象整体中的一个组成部分，是文学获得审美效果的一个组成部分，同样，是文本诗性信息和审美语义不可分离的一个组成部分，参与着文学意义的创造，如果离开或无视语言的能指形式，作为审美对象的文学文本就面临着被肢解的危险，其审美效果就无从谈起。由此而言，文学翻译就不能忽视语言能指形式及其审美效果一致和对应，"得意不能忘形"，仅仅是意义等值并不能达到审美功能和艺术效果上的等值，换言之，意义上的等值不等于审美上的等效。在我看来，诗的可译与不可译问题的关键就在于此。

在西方，诗歌从古希腊起就被公认为是"精致的讲话"。乔纳森·卡勒指出："诗居于文学经验的中心，因为它最明确地强调了文学的特殊性，强调了与用以表达个人对世界的经验感受的普通话语之间的区别。诗的特殊性使之与一般的言语相区别，诗的文字记录虽属语言交流的范畴，然而，诗的特殊性已经改变了这一语言交流的范畴。"诗之所以与普通话语有别，是因为"诗的形式规则，诸如诗行断句、节奏、韵律等程式"①，在这一方面具有其特殊性。韦勒克、沃伦在《文学理论》一书中阐述文学的本质时，强调要从弄清文学中语言的特殊用法入手，指出文学语言区别于科学语言的一个特征，即文学语言强调文字符号本身的意义，强调语词的声音象征以及声音模式，"声音模式在小说中就不如在某些抒情诗中那么重要，抒情诗有时就因此难以翻译出来"②。这一点在经典的格律诗中体现得尤为显著。每一种诗歌的格

---

① [美]乔纳森·卡勒：《结构主义诗学》，盛林译，中国社会科学出版社1991年版，第241页。
② [美]韦勒克、沃伦《文学理论》，刘象愚等译，江苏教育出版社2005年版，第13页。

附录三 从语际翻译看文学语言的特性

律都无一例外地建立在语言的语音系统基础之上,不同的语音系统其声音形象、表意特征及其审美效果不同。张亚非在《翻译中的形变与传实》一文中对此有着精彩的论述:"任何语言都有独特的语音系统,它一般无法为另一种语言所取代。诗歌之难译甚至不可译,常因此而致。诗的部分意境,可通过特定的节奏或韵律表达,这多受制于创作诗歌所用语言的独特的语音系统。如汉语是单音节语言,所以能有五言或七言这类工整对仗的诗;汉语又是多声调语言,因此对诗(尤其是旧体诗)有了平仄押韵的要求。汉语中类似的音韵特征,若换作英语表达,则几乎不可能。英语融单音节、双音节、多音节于一体,不像汉语声调复杂多变。毋庸置疑,若在汉诗英译中一味追求形似,试图让英语再现五言或七言绝句,押合平仄的韵律,是很难成功的。"① 由此可见,无论多么高明的译者,用英语来翻译中国的唐诗宋词,要想保持原作语音、句法、节奏、韵律以及形态的特点及其审美效果,都会捉襟见肘,勉为其难,其韵味、意境等审美感受都会发生变化,从而导致原作审美效果的流失,反之亦然。

从语言符号的基本构成来看,任何语言都是音与义的统一体,诗歌作为语言艺术的最高形态,更加重视语言的语音效果及其表情达意的功能,它是诗歌审美效果不可或缺的一个组成部分。英加登在分析语音形式时指出:"在文学作品中,语词不是孤立地出现;相反,它们结合在一定排列的形式中构成各个种类和等级的完整语言模式。在许多情况下,特别是在韵文中,安排语词首先考虑的不是它们构成的意义语境,而是它们的语音形式,以便从语音序列中产生出一个统一的

---

① 张柏然、许均主编:《译学论集》,译林出版社1997年版,第134—135页。

模式,例如一行韵文或一个诗节。安排语词时对语音形式的考虑不仅带来这样一些现象,例如节奏、韵脚、诗行、句子以及一般谈话的各种'旋律',而且带来语音表达的直觉性质,例如'柔和'、'生硬'或'尖利'。通常即使在默读时我们也注意到这些语音学构成和现象;即使我们没有对它们特别留意,我们对它们的注意至少在大量文学的艺术作品的审美知觉中起着重要的作用。不仅它们本身构成作品的一个重要的审美因素;同时它们也常常成为揭示作品其他方面和性质的手段,例如,一种渗透了作品描绘的整个情境的基调。"①巴赫金更是强调:"除了诗歌之外,没有一个文化领域需要整个的语言;认识活动完全不需要词语语音在质和量上的复杂特征,不需要形形色色的语调,不需要感受发音器官的动作等等。其他文化创作领域的情形亦是如此:它们都不能没有语言,但只取用其中的一小部分。"②

正因为语音形式有如此重要的功能,卡西尔指出,艺术的"每一个别的成分都必须被看成是一个综合整体的组成部分。如果在一首抒情诗中,我们改变了其中的一个语词、一个重音或一个韵脚,那我们就有破坏这首诗的韵味和魅力的危险"③。不妨以宋代词人李清照的《声声慢》一词为例略加分析:

---

① [波]罗曼·英加登:《对文学的艺术作品的认识》,陈燕谷等译,中国文联出版公司1988年版,第20—21页。
② [俄]M.巴赫金:《文学作品的内容、材料与形式问题》,晓河译,见钱中文主编:《巴赫金全集》第一卷,河北教育出版社1998年版,第346页。
③ [德]恩斯特·卡西尔:《人论》,甘阳译,上海译文出版社1985年版,第213页。

附录三 从语际翻译看文学语言的特性

寻寻觅觅,冷冷清清,凄凄惨惨戚戚。乍暖还寒时候,最难将息。三杯两盏淡酒,怎敌他,晓来风急。雁过也,正伤心,却是旧时相识。　　满地黄花堆积,憔悴损,如今有谁堪摘。守着窗儿,独自怎生得黑。梧桐更兼细雨,到黄昏,点点滴滴。这次第,怎一个愁字了得!

此词之所以脍炙人口是与其善于调动语词的声音效果以抒情达意分不开的。《声声慢》一调,音节急促,音调深沉,吟诵起来基本上是两节拍(即两字一顿),抑扬格(即先重后轻)。为了更好地借助声情以表达文情,词人大量运用了双音节的双声叠韵,"寻寻觅觅,冷冷清清,凄凄惨惨戚戚"和"点点滴滴"几句,通过起伏的自然音响和抑扬顿挫的音节,细腻曲折地反映了词人凄苦抑郁的心情。在字韵的运用上,全词大量运用舌、齿声字。据夏承焘先生统计,全词 97 字,用舌声字 15 字(淡、敌他、地、堆、独、得、桐、到、点点滴滴、第、得),齿声字 42 字(寻寻、清清、凄凄惨惨戚戚、乍、时、最、将息、三、盏、酒、怎、正伤心、是、时、相识、积、憔悴损、谁、守、窗、自、怎生、细、这次、怎、愁字),尤其是"梧桐更兼细雨"以后的几句,舌音和齿音交加重叠,齿牙相击,生动地表现了词人忧郁惝恍的心理状态①。在用韵上,《声声慢》一调本来押平声韵,而词人故意改平声为仄声,造成激切凄苦的音响,协调了全词的声韵之美,从而增强了词的艺术感染力。如此的语音效果可以说是任何一种其他语言符号都难以对应转换的。在优秀的诗作中语音往往参与着审美语义的创造,声音成了意

---

① 夏承焘:《月轮山词论集》,中华书局 1979 年版,第 6—7 页。

义的回声,并且与意义一道成为审美对象,而这几乎是不可译的。由此不难看出文学语言区别于非文学语言所具有的审美特性。

三、完全翻译与有限翻译

　　诗的可译与不可译问题一直是西方学界讨论文学翻译时无法回避的一个重要话题。从学理的角度来看,语际翻译作为不同语言符号系统之间的转换,在翻译过程中要想达到两种语言之间的完全等值几乎是不可能的,所以,在西方学者如安德烈·勒菲弗尔等人看来,译者就是"叛逆者",翻译就是"改写"。诚如萨丕尔所言:"每一种语言本身都是一种集体的表达艺术。其中隐藏着一些审美因素——语音的、节奏的、象征的、形态的——是不能和任何别的语言全部共有的。"[①]从语言艺术的层面来看,如上文所引,正因为"诗居于文学经验的中心……诗的特殊性使之与一般的言语相区别,诗的文字记录虽属语言交流的范畴,然而,诗的特殊性已经改变了这一语言交流的范畴",并且诗"需要整个的语言",它不像实用语言那样仅仅追求"辞,达而已矣",而是要充分挖掘和运用语言的各种因素和潜能,尤其是在语言的审美形式方面,它有着不同于实用语言的特殊要求。既然一种语言中的"审美因素——语音的、节奏的、象征的、形态的——是不能和任何别的语言全部共有的",那么,从理论上说诗是不可译的,至少可以说,诗的不可译性大于可译性,可译性是相对的,只能是某种近似性,而不可译性是绝对的。

[①] [美]爱德华·萨丕尔:《语言论》,陆卓元译,商务印书馆1985年版,第201页。

附录三 从语际翻译看文学语言的特性

对于西方以及我国翻译界来说,尤金·A.奈达所提出的"等值"论,一直备受推崇,被视为现代翻译理论中理想的翻译原则。尽管他是一个语言共性论者,相信各种语言具有相同的表达力,在人类经验和表达方式中存在着一种语言"共核"(common core),坚持认为:"一种语言所能表达的事情,必然能用另一种语言来表达。"但当他注意到不同语言表达形式上的差异后紧接着指出:"但如果表达的形式是所表达的意思的一个组成部分,情况就不同了。"据此他认为,各种语言中的双关语、诗的格律、诗的离合特征、头韵等,这些具有个性的语言现象是难以不折不扣地翻译出来的[①]。

从翻译理论和翻译实践来看,诗的可译与不可译的争论之所以存在,其症结主要就在语言的形式上或者更确切地说是在诗的审美形式方面。如上所述,诗歌语言与实用语言相比其区别就在于它要运用"全语言",它不像实用语言那样仅仅注重语言的语义信息而不注重语言的表达形式,诗之所以为诗是与它的审美形式分不开的,换言之,诗的艺术性主要就体现在它的语言形式上。如果说实用语言的翻译是一种仅仅注重语言语义信息等值的"有限翻译"的话,那么,诗歌语言的翻译就是一种既注重语义又关注形式的等值、等效的"完全翻译"。

一般说来,持可译性的论者往往着眼于诗的内容,如国内有学者认为:"诗歌的一些意蕴要素如情感、意象、情景、人物、事件是可译的。……诗歌意蕴的可阐释性就是诗歌的可译性。"[②]而持不可译观点

[①] 转引自郭建中编著:《当代美国翻译理论》,湖北教育出版社2000年版,第62—63页。
[②] 钱志富:《诗歌的可译性》,《文艺报》,2005年1月6日,第2版。

的论者除了语言文化因素的考虑外,往往集中在语言的审美形式方面,西方众多学者都持这种观点,认为诗歌翻译只能是再创造,译诗的过程就如同一个写诗的过程。其中具有代表性的如美国当代著名的翻译家和翻译理论家伯顿·拉夫尔(Burton Raffel),他在《诗歌翻译艺术》一书中从语言学角度系统地陈述了对于诗不可译的看法,其见解可以加深我们对于这一问题的认识,姑转述如下,在拉夫尔看来:"翻译受语言的制约,因此,不可译性在某种意义上来说是无可争辩的。每种人类语言都有其特殊的结构、语音和词汇,因此要做到完整的翻译是不可能的。这里的困难之所在是'完整'。如果不能做到'完整'的翻译,那至少也应做到'令人满意'的翻译——即把大部分翻译出来,并且翻译得要好。语言上绝对的对等本质上是不存在的。所谓的直译显然也是不可能的。但确实也有优秀的翻译存在。"对于不可译的因素,他在书中列举了几个方面:"(1)因为两种语言的语音不同,无法在一种语言中重现另一种语言的声音。语音的差异译者是无法回避的……。(2)因为两种语言的句法结构不同,无法在一种语言中完整地重现另一种语言的句法结构。但句法结构的差异是有办法处理的。如果两种语言的语系相近,句法结构的相似处越多。即使是不同语系的语言,都有其解决表达和交际的不同方法。(3)因为两种语言的词汇不同,无法在一种语言中重现另一种语言的词汇。就词汇而言,即使是同一语系的语言,也并不一致。但大家都知道,翻译不是译词,而是翻译概念和结构,词汇只是构成概念和结构的建筑材料。实际上,译者在两种语言词汇的相似性方面所得到的益处并非像一般人想象的那么大。(4)因为两种语言的文学史不同,无法在一种语言

附录三 从语际翻译看文学语言的特性

文化中出现另一种语言文化中的文学样式。文学样式受到语言结构和文化传统的制约。但一种文化和语言中的文学样式经过改造移植到另一种文化和语言中去。但正如其他一切文化和语言的表达形式一样,这种移植必须经过改造,而不能原封不动地生搬硬套到一种新的文化和语言中去。一个现成的例子是'十四行诗'。'十四行诗'起源于意大利,但至今不但传遍了欧洲,并且进入了亚洲。但在每一种语言中,其结构形式都各不相同;而且,在一种语言中被移植的历史越长,其差异则越明显。(5)因为两种语言的韵律不同,无法在一种语言的文学作品中重现另一种语言的文学作品的韵律。诗的节奏取决于语言的节奏。因此要想在一种语言中重现另一种语言的节奏是不可能的。唯一的办法是按照目的语的韵律来译诗。"①

由上可知,诗的不可译性主要体现在语言形式上,这是由文学语言特别是诗歌语言的审美特性所决定的。所以,拉夫尔强调:"如果文学作品的译者,尤其是诗歌翻译家没有达到美学的要求,那他其他方面的成就也就变得毫无价值了。"②说到底,文学作品的翻译毕竟是给那些不懂原语的读者看的,在文学作品特别是在诗歌中语言形式已不仅仅是单纯的形式了。

---

① 转引自郭建中编著:《当代美国翻译理论》,湖北教育出版社 2000 年版,第 215—216 页。
② 转引自郭建中编著:《当代美国翻译理论》,湖北教育出版社 2000 年版,第 222 页。

参考文献

一 英文部分

1. Austin, J. L. *How to Do Things with Words*. Oxford University Press, 1962.

2. Searle, J. R. *Speech Acts*. Cambridge University Press, 1970.

3. Chafe, W. L. *Meaning and the Structure of Language*. University of Chicago Press, 1970.

4. Dressler, W. *Trends in Textlinguistics*. De Gruyter, 1977.

5. Smith, B. H. *On the Margins of Discourse: The Relation of Literature to Language*. Chicago University Press, 1978.

6. Paul Ricoeur. *Main Trends in Philosophy*. Holmes and Meier Press, 1979.

7. Kristeva, J. *Desire in Language: A Semiotic Approach to Literature and Art*. Columbia University Press, 1980.

8. Gadamer, Hans—Georg. *The Relevance of Beautiful and*

Other Essays. Cambridge University Press, 1986.

9. Birch, D. *Language, Literature and Critical Practice: Ways of Analysing Text*. Routledge, 1989.

10. Weinsheimer, J. *Philosophical Hermeneutics and Literary Theory*. New Haven & London, 1991.

11. Toolan, M. *Language in literature: an introduction to stylistics*. Routledge, 1998.

12. Agamben, G., Heller-Roazen, D. *The End of the Poem: Studies in Poetics*. Stanford University Press, 1999.

13. Culler, J. *The Pursuit of Signs. Semiotics, Literature, Deconstruction*. Routledge, 2001.

14. Culler, J. *Structuralist Poetics: Structuralism, Linguistics and the Study of Literature*. Routledge, 2002.

15. Fabb, N. *Language and Literary Structure: The Linguistic Analysis of Form in Verse and Narrative*. Cambridge University Press, 2002.

16. Hawkes, T. *Structuralism and Semiotics*. Routledge, 2003.

17. Leech, G. *Language in Literature: Style and Foregrounding*. Routledge, 2008.

18. Ingarden, R. "Artistic and Aesthetic Values," in *British Journal of Aesthetic*, vol. 4(1964).

19. Ohman, R. Speech Acts and the Definition of Literature. *Philosophy and Rhetoric*, vol. 4(1971).

20. Fish, S. "With Greetings From the Author: Some Thoughts on Austin and Derrida", in *Critical Inquiry* 8(1982).

二、中文部分

1. 亚理斯多德:《范畴篇 解释篇》,方书春译,商务印书馆 1959 年版。

2. 洛克:《人类理解论》,关文运译,商务印书馆 1959 年版。

3. 彭定求等编:《全唐诗》,中华书局 1960 年版。

4. 康德:《判断力批判》,宗白华译,商务印书馆 1964 年版。

5. 唐圭璋编:《全宋词》,中华书局 1965 年版。

6. 郭绍虞笺释:《元好问论诗三十首小笺》,人民文学出版社 1978 年版。

7. 莱辛:《拉奥孔》,朱光潜译,人民文学出版社 1979 年版。

8. 黑格尔:《美学》,朱光潜译,商务印书馆 1979 年版。

9. 沙夫:《语义学引论》,罗兰等译,商务印书馆 1979 年版。

10. 郭绍虞主编:《中国历代文论选》,上海古籍出版社 1979 年版。

11. 郑板桥:《郑板桥集》,上海古籍出版社 1979 年版。

12. 夏承焘:《月轮山词论集》,中华书局 1979 年版。

13. 费尔迪南·德·索绪尔:《普通语言学教程》,高名凯译,商务印书馆 1980 年版。

14. 布龙菲尔德:《语言论》,袁家骅译,商务印书馆 1980 年版。

15. 《十三经注疏》,中华书局影印本 1980 年版。

16. 朱熹集注:《诗集传》,上海古籍出版社 1980 年新 1 版。

17. 黑格尔:《美学》,朱光潜译,商务印书馆1981年版。

18. 列维-布留尔:《原始思维》,丁由译,商务印书馆1981年版。

19. M. 怀特编:《分析的时代》,杜任之等译,商务印书馆1981年版。

20. 段玉裁:《说文解字注》,上海古籍出版社1981年版。

21. 戴鸿森:《姜斋诗话笺注》,人民文学出版社1981年。

22. 何文焕辑:《历代诗话》,中华书局1981年版。

23. 亚理斯多德:《诗学》,罗念生译,人民文学出版社1982年版。

24. 乔治·桑塔耶纳:《美感》,缪灵珠译,中国社会科学出版社1982年版。

25. 陈鼓应注译:《庄子今注今译》,中华书局1983年版。

26. 洪兴祖:《楚辞补注》,中华书局1983年版。

27. 罗大经:《鹤林玉露》,中华书局1983年版。

28. 丁福保辑:《历代诗话续编》,中华书局1983年版。

29. 罗素:《人类的知识》,张金言译,商务印书馆1983年版。

30. 伍蠡甫主编:《现代西方文论选》,上海译文出版社1983年版。

31. 苏珊·朗格:《艺术问题》,滕守尧等译,中国社会科学出版社1983年版。

32. 沃尔夫冈·凯塞尔:《语言的艺术作品》,陈诠译,上海译文出版社1984年版。

33. 韦勒克、沃伦:《文学理论》,刘象愚等译,三联书店1984年版。

34. 托马斯·门罗:《走向科学的美学》,石天曙等译,中国文艺联合出版公司1984年版。

35. 恩斯特·卡西尔:《人论》,甘阳译,上海译文出版社 1985 年版。

36. 爱德华·萨丕尔:《语言论》,陆卓元译,商务印书馆 1985 年版。

37. 霍布斯:《利维坦》,黎思复等译,商务印书馆 1985 年版。

38. 米盖尔·杜夫海纳:《美学与哲学》,孙非译,中国社会科学出版社 1985 年版。

39. 劳·坡林:《怎样欣赏英美诗歌》,殷宝书编译,北京出版社 1985 年版。

40. 施太格缪勒:《当代哲学主流》上卷,王炳文等译,商务印书馆 1986 年版。

41. 苏珊·朗格:《情感与形式》,刘大基等译,中国社会科学出版社 1986 年版。

42. 弗·杰姆逊:《后现代主义与文化理论》,唐小兵译,陕西师范大学出版社 1986 年版。

43. 唐圭璋编:《词话丛编》,中华书局 1986 年版。

44. 伍蠡甫、胡经之主编:《西方文艺理论名著选编》,北京大学出版社 1987 年版。

45. 理查德·泰勒:《理解文学要素》,黎风等译,四川大学出版社 1987 年版。

46. 布莱恩·麦基:《思想家》,周穗明等译,三联书店 1987 年版。

47. 保罗·利科:《解释学与人文科学》,陶远华等译,河北人民出版社 1987 年版。

48. 罗吉·福勒：《现代西方文学批评术语辞典》，袁德成译，四川文艺出版社1987年版。

49. 艾耶尔：《二十世纪哲学》，李步楼等译，上海译文出版社1987年版。

50. 特伦斯·霍克斯：《结构主义和符号学》，瞿铁鹏译，上海译文出版社1987年版。

51. 特雷·伊格尔顿：《二十世纪西方文学理论》，伍晓明译，陕西师范大学出版社1987年版。

52. 宗白华：《艺境》，北京大学出版社1987年版。

53. D.C.霍伊：《阐释学与文学》，张弘译，春风文艺出版社1988年版。

54. 雷蒙德·查普曼：《语言学与文学》，王士跃等译，春风文艺出版社1988年版。

55. 罗兰·巴尔特：《符号学原理》，李幼蒸译，三联书店1988年版。

56. 罗曼·英加登：《对文学艺术作品的认识》，陈燕谷等译，中国文联出版公司1988年版。

57. 恩斯特·卡西尔：《语言与神话》，于晓等译，三联书店1988年版。

58. 阿尔斯顿：《语言哲学》，牟博等译，三联书店1988年版。

59. 俞建章等：《符号：语言与艺术》，上海人民出版社1988年版。

60. 胡经之主编：《中国古典美学丛编》，中华书局1988年版。

61. 涂纪亮编：《语言哲学名著选辑》，三联书店1988年版。

62. 胡明扬:《西方语言学名著选读》,中国人民大学出版社 1988 年版。

63. 刘学锴等著:《李商隐诗歌集解》,中华书局 1988 年版。

64. 季伏昆:《中国书论辑要》,江苏美术出版社 1988 年版。

65. 维柯:《新科学》,朱光潜译,商务印书馆 1989 年版。

66. 哈贝马斯:《交往与社会进化》,张博树译,重庆出版社 1989 年版。

67. 茨维坦·托多罗夫编:《俄苏形式主义文论选》,蔡鸿滨译,中国社会科学出版社 1989 年版。

68. 阿布拉姆斯:《镜与灯》,郦稚牛等译,北京大学出版社 1989 年版。

69. 黄晋凯等主编:《象征主义·意象派》,中国人民大学出版社 1989 年版。

70. 胡经之等编:《二十世纪西方文论选》,中国社会科学出版社 1989 年版。

71. 车铭洲编:《西方现代语言哲学》,南开大学出版社 1989 年版。

72. 让·絮佩维尔:《法国诗学概论》,洪涛译,四川文艺出版社 1990 年版。

73. 赵宪章:《文艺学方法论通论》,江苏文艺出版社 1990 年版。

74. 赵毅衡:《文学符号学》,中国文联出版公司 1990 年版。

75. 雅克·马利坦:《艺术与诗中的创造性直觉》,刘有元等译,三联书店 1991 年版。

76. 乔纳森·卡勒:《结构主义诗学》,盛宁译,中国社会科学出版社1991年版。

77. 海德格尔:《诗·语言·思》,彭富春译,文化艺术出版社1991年版。

78. P. D. 却尔:《解释:文学批评的哲学》,吴启之等译,文化艺术出版社1991年版。

79. 加达默尔:《哲学解释学》,夏镇平译,上海译文出版社1992年版。

80. A. 杰弗逊等:《现代西方文学理论流派》,李广成译,北京大学出版社1992年版。

81. 詹姆斯·费兰:《来自语词的世界》,王继同等译,安徽文艺出版社1992年版。

82. 艾·阿·瑞恰慈:《文学批评原理》,杨自武译,百花洲文艺出版社1992年版。

83. 特伦斯·霍克斯:《论隐喻》,高丙中译,昆仑出版社1992年版。

84. 维特根斯坦:《哲学研究》,汤潮等译,三联书店1992年版。

85. 米盖尔·杜夫海纳:《审美经验现象学》,韩树站译,文化艺术出版社1992年版。

86. 叶维廉:《中国诗学》,三联书店1992年版。

87. 胡有清:《文艺学论纲》,南京大学出版社1992年版。

88. 冯·戴伊克:《话语 心理 社会》,施旭等编译,中华书局1993年版。

89. 约翰·伯杰:《视觉艺术欣赏》,戴行钺译,商务印书馆1994

年版。

90. 埃德蒙德·胡塞尔:《现象学的方法》,倪梁康译,上海译文出版社1994年版。

91. 维多利亚·弗罗姆金等:《语言导论》,沈家煊译,北京语言学院出版社1994年版。

92. 波利亚科夫:《结构—符号学文艺学》,佟景韩译,文化艺术出版社1994年版。

93. 徐友渔:《"哥白尼式"的革命》,上海三联书店1994年版。

94. 王一川:《语言乌托邦》,云南人民出版社1994年版。

95. 盛宁:《二十世纪美国文论》,北京大学出版社1994年版。

96. 王岳川:《艺术本体论》,上海三联书店1994年版。

97. 张秉真等主编:《未来主义·超现实主义》,中国人民大学出版社1994年版。

98. 施蛰存主编:《词籍序跋萃编》,中国社会科学出版社1994年版。

99. 黄杲炘编译:《美国抒情诗100首》,上海译文出版社1994年版。

100. 弗雷德里克·詹姆逊:《语言的牢笼》,钱佼汝译,百花洲文艺出版社1995年版。

101. 陆侃如等:《文心雕龙译注》,齐鲁书社1995年版。

102. 陈伯海主编:《唐诗汇评》,浙江教育出版社1995年版。

103. 洪迈:《容斋随笔》,中国世界语出版社1995年版。

104. 童庆炳主编:《文学理论要略》,人民文学出版社1995年版。

105. 威廉·燕卜荪:《朦胧的七种类型》,周邦宪等译,中国美术学院出版社 1996 年版。

106. 维特根斯坦:《逻辑哲学论》,贺绍甲译,商务印书馆 1996 年版。

107. 徐友渔等:《语言与哲学》,三联书店 1996 年版。

108. 赵宪章:《西方形式美学》,上海人民出版社 1996 年版。

109. 维·什克洛夫斯基:《散文理论》,刘宗次译,百花洲文艺出版社 1997 年版。

110. 海德格尔:《在通向语言的途中》,孙周兴译,商务印书馆 1997 年版。

111. 海德格尔:《林中路》,孙周兴译,上海译文出版社 1997 年版。

112. 方光焘:《方光焘语言学论文集》,商务印书馆 1997 年版。

113. 许国璋:《论语言和语言学》,商务印书馆 1997 年版。

114. 王一川:《通向本文之路》,四川人民出版社 1997 年版。

115. 周宪:《超越文学》,上海三联书店 1997 年版。

116. 周宪:《二十世纪西方美学》,南京大学出版社 1997 年版。

117. 朱立元主编:《当代西方文艺理论》,华东师范大学出版社 1997 年版。

118. 张柏然、许均主编:《译学论集》,译林出版社 1997 年版。

119. 包忠文:《当代中国文艺理论史》,江苏教育出版社 1998 年版。

120. 钱中文主编:《巴赫金全集》,晓河等译,河北教育出版社 1998 年版。

121. J. G. 赫尔德:《论语言的起源》,商务印书馆 1998 年版。

122. 乔纳森·卡勒:《文学理论》,李平译,辽宁教育出版社 1998 年版。

123. 乔纳森·卡勒:《论解构》,陆扬译,中国社会科学出版社 1998 年版。

124. 约翰·斯特罗克编:《结构主义以来》,渠东等译,辽宁教育出版社 1998 年版。

125. 让—伊夫·塔迪埃:《20 世纪的文学批评》,史忠义译,百花文艺出版社 1998 年版。

126. 加达默尔:《真理与方法》,洪汉鼎译,上海译文出版社 1999 年版。

127. 海然热:《语言人》,张祖建译,三联书店 1999 年版。

128. 威廉·冯·洪堡特:《论人类语言结构的差异及其对人类精神发展的影响》,姚小平译,商务印书馆 1999 年版。

129. 罗兰·巴尔特:《批评与真实》,温晋仪译,上海人民出版社 1999 年版。

130. 雅克·德里达:《论文字学》,汪堂家译,上海译文出版社 1999 年版。

131. 雅克·德里达:《声音与现象》,杜小真译,商务印书馆 1999 年版。

132. 李幼蒸:《理论符号学导论》,社会科学文献出版社 1999 年版。

133. 马克·昂热诺等主编:《问题与观点》,史忠义等译,百花文艺出版社2000年版。

134. 拉曼·塞尔登:《文学批评理论》,刘象愚等译,北京大学出版社2000年版。

135. 丁尔苏:《语言的符号性》,外语教学与研究出版社2000年版。

136. 彭泽润等主编:《语言理论》,中南大学出版社2000年版。

137. 郭建中编著:《当代美国翻译理论》,湖北教育出版社2000年版。

138. 赵毅衡编选:《"新批评"文集》,卞之琳等译,中国社会科学出版社2001年版。

139. 洪汉鼎主编:《理解与解释》,东方出版社2001年版。

140. H. A. 梅内尔:《审美价值的本性》,刘敏译,商务印书馆2001年版。

141. H. 帕克:《美学原理》,张今译,广西师范大学出版社2001年版。

142. A. J. 格雷马斯:《结构语义学》,蒋梓骅译,百花文艺出版社2001年版。

143. 龙瑟夫·库尔泰:《叙述与话语符号学》,怀宇译,天津社会科学院出版社2001年版。

144. 茨维坦·托多罗夫:《巴赫金对话理论及其他》,蒋子华等译,百花文艺出版社2001年版。

145. 勒代雷:《释意学派口笔译理论》,刘和平译,中国对外翻译出版公司2001年版。

146. 费尔迪南·德·索绪尔:《普通语言学教程》,裴文译,江苏教育出版社 2002 年版。

147. 汉斯·波塞尔:《科学:什么是科学》,李文潮译,上海三联书店 2002 年版。

148. 茨维坦·托多罗夫:《批评的批评》,王东亮等译,三联书店 2002 年版。

149. 叶维廉:《道家美学与西方文化》,北京大学出版社 2002 年版。

150. 吴宗济等编:《赵元任语言学论文集》,商务印书馆 2002 年版。

151. 严平编选:《加达默尔集》,邓安庆等译,上海远东出版社 2003 年版。

152. 裴文:《索绪尔:本真状态及其张力》,商务印书馆 2003 年版。

153. 赵宪章:《文体与形式》,人民文学出版社 2004 年版。

154. 巴恩斯通编:《博尔赫斯八十忆旧》,西川译,作家出版社 2004 年版。

155. 哈罗德·布鲁姆:《西方正典》,江宁康译,译林出版社 2005 年版。

156. 翁贝尔托·埃科:《符号学与语言哲学》,王天清译,百花文艺出版社 2006 年版。

157. W.J.T.米歇尔:《图像理论》,陈永国、胡文征译,北京大学出版社 2006 年版。

158. 陈嘉映:《语言哲学》,北京大学出版社 2003 年版。

159. 裴文:《剑桥语言学笔记》,世界图书出版公司北京公司 2008 年版。

160. 赵宪章、包兆会:《文学变体与形式》,南京大学出版社 2010 年版。

161. 赵宪章、王汶成主编:《艺术与语言的关系研究》,人民文学出版社 2013 年版。

162. 陈鼓应解读:《庄子》,国家图书馆出版社 2017 年版。

163. 汪正龙、张瑜:《语言转向视野下的文学理论问题重估研究》,中国社会科学出版社 2019 年版。

164. P. 利科尔:《言语的力量:科学与诗歌》,朱国均译,《哲学译丛》,1986 年第 6 期。

165. 罗兰·巴尔特:《文本理论》,张寅德译,《上海文论》,1987 年第 5 期。

166. 赵宪章:《传媒时代的"语—图"互文研究》,《江西社会科学》,2007 年第 9 期。

人名索引

说明:索引项为正文中出现的,正文中未出现而页下注或页眉有的均未统计。

A

艾伦·退特　12,13,82

艾布拉姆斯　38

艾略特　82,91,114

埃科　95

A.杰弗逊　117

安德烈·勒菲弗尔　182

B

别林斯基　3

比尔兹利　5

巴赫金　31,52,53,54,55,80,81,129,180

本维尼斯特　32

巴尔扎克　45

保罗·利科尔　51,101,106

博尔赫斯　74

布鲁克斯　82,114,133,134

贝克特　101

布鲁姆　158,159

包振南　176

伯顿·拉夫尔　184

C

曹雪芹　91

岑参　120

D

D.罗比　1

杜夫海纳　19,23,67,118,126,127

杜甫　28

杜牧　65

戴维·霍伊　68

狄更斯　55,135

戴维·霍克斯　176

E

恩格斯　39

F

F.詹姆森　6

梵·奥康纳　132

方薰　167

G

高尔基　3

格拉斯韦根　53

H

赫列勃尼柯夫　5

霍布斯　15

赫德尔　15

洪堡特　15,37,39,41,79,174,175

黑格尔　26,74,166

华兹华斯　26,64

海然热　29

海德格尔　32,33,87

H.赫兹　36

哈贝马斯　41

何文焕　65

胡塞尔　77

海明威　101

洪迈　125

海森毕特尔　135

J

加达默尔　15,33,34,74,113,124

J.L.奥斯丁　16

加缪　91

K

康德　10,112

卡西尔　16,22,33,34,36,51,64,74,80,95,119,128,142,143,175,180

201

卡勒　16,18,63,72,178

孔颖达　70

孔尚任　85

克里斯特瓦　138

克罗齐　150

科林伍德　150

L

雷蒙德·查普曼　1,46

罗兰·巴尔特　4,6,7,46,52,
　73,109,110,138

列维-布留尔　35

罗素　36

楼敬思　55

罗吉·福勒　13

梁启超　78

刘禹锡　84

劳特曼　89

罗伯特·彭斯　98

刘勰　99

罗大经　100

吕本中　103

罗伯特·弗罗斯特　104

李商隐　111

劳·坡林　127

莱辛　160,161,162,163,164

李清照　180

M

莫泊桑　2

穆卡洛夫斯基　16,20,21,22,
　23,26,123

马克思　39

N

倪云林　165

P

P.D.却尔　68

Q

钱杜　169

R

瑞恰慈　16,42,43,44,64,96,133

S

索绪尔　5,8,17,18,19,32,70,72,75,117,145

萨丕尔　15,131,172,173,182

什克洛夫斯基　16,24,25,26,27,29

苏珊·朗格　16,49,50,51,119

斯拉文斯基　60

莎士比亚　43,64,119

S.费什　68

苏轼　164,165

宋濂　169

桑塔耶纳　175

T

托尔斯泰　27,29

托多洛夫　5,47

陶渊明　91

托马斯·门罗　142

汤垕　165

W

维姆萨特　5

维特根斯坦　8,79

韦勒克　14,45,55,56,71,74,116,178

沃伦　14,45,55,56,71,74,116,178

维尔格南特　44

韦应物　49

吴衡照　55

瓦莱利　56,57,121,122,

维柯　74,94

威廉·布莱克　97

王逸　100

威廉·燕卜荪　106

王蒙　139,140

W.J.T 米歇尔　158,160,

王维　164

荀子　32

X

辛弃疾　55

夏丏尊　22,92

谢榛　112,128

夏承焘　181

Y

雅克布逊 5,16,20,46,57,58,
　　59,60,62,63,64,122
伊格尔顿 6,24,53,62
亚理斯多德 14,15,64,70,96,
叶维廉 28
英加登 43,44,71,77,119,
　　130,179
杨慎 65
约翰·洛克 70
杨载 84
元好问 111
雅克·马利坦 113

尤金·A.奈达 183

Z

朱熹 3
庄子 4,117
赵宪章 10,170
钟嵘 100
赵元任 120
宗白华 10,154,156,170,
宙克西斯 162,163
郑板桥 165,167,168,170,
张式 168
张亚非 179

术语索引

B

不及物 6,47,129

标准语言 9,11,16,20,21,22,23,26,123,172

比兴 95,99,100,109

布拉格学派 122

悖论 79,82,103,133,134,135,138

表现性 143,145,147,149,151,152

C

存在主义 8

阐释学 8,68,191

纯诗 56,57

词典意义 72,75,79,80,81,82,83,84,87,177

D

多语体性 53,54,61

多义性 106,107,108,109,110,111,112,114,115,116

E

俄国形式主义 4,8,38,46,47,122

二律背反 10

F

符号学 8,9,38,89,109,142,145

符号形式　11,31,32,33,34,116,118,127,131,148,161,166

符号意义　11,116

符号系统　5,17,19,71,89,90,116,166,172,173,174,175,182

符号论美学　142

反讽　79,95,132,133,134,135,138,

G

古典语言观　4

感受谬见　5

工具论　9,118

共时性　12

概念意义　72,75,76,94,112,113

H

话语　7,9,23,25,26,38,39,41,53,58,59,60,61,62,63,73,94,102,124,126,139,141,178

含蓄意指　11,89,90,91,92,93,94,95,97,98,99,101,106,107,108,109,110,112,113,114,115,119,120,121,125

互文性　138,139,140

J

结构主义　4,5,6,7,8,38

解构主义　4,7,8,38

肌质　5

聚合关系　12

K

科学语言　11,16,17,18,24,30,40,42,43,44,45,46,47,48,58,71,76,80,106,107,114,133,134,178

L

零度写作　6

历时性　12

联想意义 76,86,97,104,105

摹仿 2,14,32,38,160,161,164

陌生化 16,24,25,26,27,28,29,79

命名 29,31,32,33,175

N

能指 3,6,7,8,11,12,24,32,47,72,75,76,79,82,89,90,91,92,93,98,109,116,117,118,119,120,121,122,123,124,125,126,127,128,129,130,134,135,138,144,145,178

扭曲形式 20,21,22,23,24,26,27,28,29

拟判断 43,44

内涵意义 7,83,84,85,86,89,99,110

P

普通语言 5,8,20,25,53,71,127

Q

情感语言 16

R

日常语言 11,16,17,18,22,24,25,26,30,40,42,45,46,47,58,71,80,92,93,95,106,127

S

所指 3,6,7,8,11,12,24,32,46,75,76,79,82,83,89,90,91,92,93,98,102,103,105,109,112,116,117,121,122,127,138,145,149

诗言志 3,69

实指性 11,31,35,37,38,40,41,42,44,46,47,48,50

实用语言 11,16,50,57,117,121,122,123,127,172,177,182,183

实在　31,32,34,35,36,37,40,51,130,147

诗性意义　11,76,77,79,80,84,89,94,95,113,114

视界融合　108

生命形式　152,153,154

T

推论式语言　16

他指性　24,47,123

同质性　45,53,58,159

图像转向　157

W

文以载道　3

文学语言观　2,3,4,5,7,8,18

无意义语言　82

舞蹈　5,149,155

文体学　9,209

文学性　11,52,57,58,60,61,62,63,64,66,172,177

伪陈述　43,44

文学语境　63,64,65,66,81,87,115

外延意义　83,84,85,86,89,110

文人画　163,164,165,166,167,170

X

新批评　4,5,8,9,12,38

细读　5

修辞学　7,64,96,209

叙事学　8,9

现象学　8

虚指性　11,31,36,37,38,40,41,42,44,46,47,48,50

象征　10,16,32,76,79,91,93,95,96,101,102,103,104,105,106,120,144,168,175,176,178,182

形式主义　4,8,38,46,47,62,82,122

形象文本　157,160,161,162,163,164,166,167,170,171

Y

语言学转向　1,8,67,157

语言　1,5,6,7,8,9,11,16,
31,58,60,65,67,71,75,81,
87,90,116,117,129,142,
157,172,184,209,210

语言本体论　4,9

语言形式　4,9,24,38,91,177,
183,185

语言系统　6,8,12,17,18,19,
23,29,71,72,73,174,176

语言结构　6,7,73,185,196

语言哲学　1,9,11,31,67,
95,172

语言的诗意用法　16,20,64

语域　17,19,52,58

语境　17,19,52,58,59,63,64,
65,66,76,78,79,80,81,87,
89,92,93,96,97,98,101,
102,103,105,106,112,114,
115,120,134,135,138,170,
176,180

语言的诗歌功能　18,59,61,
62,63,64,65,66,79

语用学　41

语言共核　46

语言功能　40,58,59,66

语象　85

语义　2,7,8,11,24,65,71,75,
76,77,78,80,82,83,84,85,
86,87,89,90,91,92,93,94,
95,96,97,99,100,101,102,
103,104,106,107,108,109,
110,111,112,113,114,115,
116,118,119,120,121,123,
125,128,129,130,134,135,
138,139,141,142,174,177,
178,182,183

语义扩张功能　116

艺术程序　5

音乐　1,5,15,56,112,142,
151,153,155,162,170

意图谬见　5

言语活动　6,17,18,19,23,40,
41,42,44,45,46,58,60,61,

63,74,78,79

言语类型 19,40,41,42,44,45,46,52,54,76

言语行为 12,16,19,20,29,41,47,58,59,68,72,73,78,131

以言表意 11,68,71,73,75,77,81,84,87,107,108

意识形态 38,39,

意向经验 36,40,41,42,48,50,78,79

隐喻 38,76,79,91,93,95,96,97,98,99,100,101,102,103,104,105,106,108

意指系统 89,90,91,92,93,94,95,106,107,108,112,114,115,121

喻体 91,96,97,98,99,101,104,105,109

喻旨 96,97,98,101,104,105

原型 48,101,102,103

意象 40,48,50,63,80,85,86,87,92,94,97,100,102,103,104,105,106,110,111,112,113,114,119,146,150,183

艺术抽象 143,146,147,150

艺术形式 81,144,145,147,151,153,155,156,166

有意味的形式 145,147,177

语图关系 159,160,167,170

Z

自指性 5,21,23,24,29,46,47,60,64,122,123

造型艺术 5

载体论 8,9

中介论 9

张力 9,10,11,12,13,22,23,29,30,37,40,47,48,51,52,58,61,66,67,68,82,83,84,85,86,87,88,89,92,97,99,103,104,105,107,108,110,114,115,121,124,126,130,132,133,135,138,139,141,153,154,157,159,167,170

杂语性 11,52,53,54,55,57,

58,60,66

直接意指　11,89,90,91,92,
93,94,98,99,109,110,112,
113,115,119,121

组合关系　12,89,91,138

指称性　11,31,32,33,37,38,

40,46,47

真陈述　43,44

真判断　44

指称意义　75,76,83,84,94,
98,99,112,118

自然语言　77,90,93

后　记

　　眼前的这本书是在我的博士论文和国家社科基金项目成果的基础上经过增删修订而成的，从篇幅来看，它的体量不大，只能算作小书，这也是我将它搁置多年未曾急于出版的主要原因，根本原因则是由于我的疏懒和学术兴趣的转移。

　　记得前年寒假期间去赵宪章老师家里拜访，赵老师不解地问我，你的《文学语言张力论》为何迟迟不出版？江正龙师兄也曾关切地与我聊到此书出版的话题。从文艺学研究的角度来看，专门对文学语言基础理论进行研究的成果并不多见，所以他们认为仍有出书的必要。

　　文学语言问题是文学的基本问题，属于文学的本质问题之一，但它也是一个理论难题，要想超越传统的修辞学、文体学和媒介论的研究范式而有所突破，则不是一件容易的事。当初选择这个课题进行研究完全是出于好奇与挑战自我的冲动，因为20世纪西方人文学科的研究进入了"语言的时代"，众多的哲学家、哲学流派以及现代语言学的研究成果，已经给我们打开了一个全新的学术视野，准备了充分的学术资源，从而召唤人们重新关注文学语言方面的研究。我的想法得到了赵老师的鼓励与支持，使我在读博期间能够潜心对文学语言问题进行深入的思考。

后 记

从南京大学博士毕业已近 20 年,这期间一直忙忙碌碌,真有"长恨此身非我有"之叹。时常回忆起在南大从硕士到博士阶段的读书时光,那里有藏书丰富的图书馆和资料室,有专售学术书籍的南大出版社书店和先锋书店,有卓有建树的老师,有刻苦钻研的同窗,有师生间充分的交流,有自由清新的学术风气……现在虽已时过境迁,但记忆中的南大总是美好的。

学贵得师,亦贵得友。求学期间经常遇到一些专业上的问题,除了向文艺学专业的老师请教外,还经常跟本专业以及不同专业的同学、老师进行交流,使我获益良多。对于索绪尔语言学理论的理解得益于外国语学院的裴文教授,与师兄汪正龙教授、室友马俊山教授经常性的学术讨论也使我受益匪浅。

在本书即将出版之际,我要衷心地感谢南京大学文艺学专业各位授课老师,特别是我的恩师包忠文教授和赵宪章教授,包老师虽已仙逝,但他的人格魅力依然感染着我,赵老师的学术开拓精神,也不断地激励着我;感谢《江海学刊》《文学评论丛刊》《南京社会科学》《江苏社会科学》《江西社会科学》《学习与探索》等刊物的责任编辑,他们的学术眼光使我的研究成果得以及时发表;感谢东南大学出版社陈跃先生长期以来对我工作的支持,以往的数次合作,让我领略了东南大学出版社的实力和出书的质量,在此再致谢忱!

花开花落,云卷云舒;日居月诸,光阴流转。

语言是存在的家园,对我来说,只是在抵达这一家园的途中。

陈学广

2021 年 6 月